U0689729

一水载金波，
千船不尽多。
峥嵘多少事，
岁月已成歌。

步月随草

◎蒋志华 著

浙江大学出版社
ZHEJIANG UNIVERSITY PRESS

序

黄亚洲

这部诗集的作者，是一位浙江金融家，因此，毫无疑问，他的数钱，是同时数着浙江的山山水水的。

他以银子的颜色影响了这片山水的同一时分，他的感情也跟了上来。他热爱浙江的每一个县区，他深情地大笔地拨付着自己的思恋与情愫，犹如他在办公室里的日常拨款。

他曾经的衔头是浙江省农业银行的行长，浙江山水间的所有植物的嫩绿色与深绿色，都与他多年的拨付有关，当然我们在这部诗集中读到的，仅是他拨付的情感部分。

这是作者的第三部诗集，由于这部诗集的问世，浙江的每一个县都已向他报到了。

准确地说，是作者向浙江的每一个县报到了。

这就是一份感情，关乎乡土的感情。这种感情于我这个阅读者而言，很是感染，其实我也一直存着这份志向，我也试图一个县一个县地以韵脚丈量生我养我的浙江，我有了一部分作品积累，但是还不如这位诗人，他今天畅快淋漓地唱了出来，我尚喉中有鲠。

值得称道的是，浙江的各个地域并非都是以山水的形态出现在他的作品里的，当地浓郁的风土人情或者社会发展中的新鲜气象，都可以成为诗人抒发情怀的主题。总之，有什么使诗人感动了，诗人的琴弦就为之拨动。比如东海之滨的玉环县，触动诗人灵魂的，既有那群早就“满岛金光灿”的名闻遐迩的楚门文旦，也有“楚门镇夜间办公制度”这件新鲜事儿在诗人心弦上拨出的“心装百姓万途通”的感慨；至于声震全国的小商品城义乌，则不是由海潮般的商品来撞击心灵，倒是那个“义乌市民广场”让作者发出“凉风阵起淡波光，舞歌乱扑垂杨面”的感叹。当然，这个广场的诞生于作者也是大有缘分的，是当时的义乌农业银行为此首家授信了两亿多元的大项目。

看来，银子的拨付与情感的拨付也是有可能统一的，起码在义乌的夜色里我们可以悄悄说出这样的判断。

而说到夜色，就不能不提及作者心目中那一轮特别皎洁的月亮。

作者曾经介绍说，他这部诗集中，竟然有两成的作品牵涉上了月色，这就不能不体现出作者对明月的那种割舍不断的感情了。

依我所见，诗人与月亮，在某种意义上，几乎是同一概念。

月亮一直是伴随着我们的民族与我们的情感

隐现的，几千年始终如此。李白老早说过“今人不见古时月，今月曾经照古人”，月亮就是这样一直悬在我们的头顶，发着剑的光，发着丝的光，对明月的眷恋与思索几乎是每位古今诗人的枕边之泪。

我很赞赏作者对月亮的这份痴痴之心，他的全部诗行都浸着月光。

也愿作者能沿着他内心的这份皎洁之光，在诗的道路上继续大踏步前行。就我们诗人而言，要看清前方以及看清人心，不需要热烈的太阳，月光足矣。

2013 年 9 月 9 日于湖州

（本序作者为中国电影文学学会副会长，中国作家协会影视委员会副主任。曾任第八届全国人大代表、中共十六大代表、第六届中国作家协会副主席、第六届浙江省作家协会主席。中国鲁迅文学奖得主。）

莫道山陽遠
人情似故鄉
驀然回一目
望斷菊花墻
錄蔣志華重陽小令
王賀文書於杭州

（题词作者为中共浙江省委原常委、浙江省军区原司令员、浙江省人民政府咨询委员会副主任）

目　录

感时抒怀 /095

荆楚风华 / 175

潇湘漱玉 / 223

古都风采 / 241

西湖山水 / 279

明月诗情

明月清風

癸巳夏蔣志峯書

笔耕窗月

窗流月色清，
咬字伴秋萤。
欲睡灵犀动，
磨肠五德[①]鸣。

【注】 ① 五德为鸡的别称。

一剪梅 三江[1]月潮

月洒三江千里潇，水上舟歌，六岸花娇。
秋风一抹老江桥。月又圆圆，人又潮潮。

历史长河逐浪高，四海通商，万国华侨。
港城腾起赛龙蛟。月亦吟吟，人亦滔滔。

【注】 ① 三江指宁波市的姚江、奉化江和甬江，汇合处称三江口，位于宁波市区中心繁华地段，素有“宁波外滩”之称。三江口众桥横卧，高楼林立，“浙东第一街”横贯其中，商店鳞次栉比，夜色下霓虹闪烁，车水马龙。三江口是历代商贾云集之地，是最早的“宁波港”港埠，宁波城市的象征。宁波自古以来就是一个极其优良的港口，是中国对外开放的主要港口。特别到了唐朝，“海外杂国、贾船交至”，宁波（明州）成为当时著名的对外贸易港，与扬州、广州一起并列为中国对外开埠的三大港口；宋代，又与广州、泉州并列为我国三大主要贸易港；鸦片战争以后，宁波被定为“五口通商”口岸之一。改革开放后，宁波港已成为泱泱东方大港。

木兰花　咏明月清风

人生羁旅如舟叶，劲楫摇穷风与月。百年人世百年天，千里清风千里月。

清风送耳烟波接，明月入怀心肺烨。归帆莫负有情人，明月清风生小约。

明月胸怀

万里明月万家有，
不论尊卑和贫富。
世人若效明月怀，
何来严霜逼愁雾？

中秋月缘

月到中秋年运半，
春江扁叶渡人圆。
清风自古闲传意，
送给人间尽是缘。

东风第一枝　北仑山[1]

屹立东溟，观山览海，导航灯塔高杲。过帆多少风樯，月轮洒穷玉岛。波涛滚去，见石岸、花开千佼。夜静处、唱晚渔歌，别是一番音绕。

情未了、宝光不老。心欲醉、逢时潇昊。迎来改革新潮，唤醒万年津要。东方良港，震鼓起、桑田春晓。喜百舸、竞发如流，帜结码头腾蹈。

【注】 ① 北仑山位于宁波市北仑区海域中，旧称北轮山，因形圆似轮，加上地处新碶街道北面，故名，今衍写为“北仑山”。1979 年开始在山顶建设距海平面 48 米的北仑港导航灯塔，1982 年 12 月 15 日，建成从陆地通往北仑山的栈桥。目前，北仑山承担着进入北仑水域船舶的交通管理和水文气象资料的收集任务。北仑港、北仑区均由此山得名，加上其视野开阔、风景优美，名气日增。北仑山东侧现建有多用途码头。

月光曲

月光似水水如花，
洒洒潇潇入万家。
谙得东山光一抹，
清清白白走天涯。

读《牡丹亭》[1]

亭院深深淑女闲，
吐情梅柳再生还。
曲魂牵月巅云卷，
一梦惊韶瑞牛山[2]。

【注】 ①《牡丹亭》，全名《牡丹亭还魂记》，是一部文学史上及剧坛上极有名的巨著，是明代剧作家汤显祖的代表作，创作于1598年浙江遂昌县，作者时任该县县令。《牡丹亭》描写了大家闺秀杜丽娘和书生柳梦梅的生死之恋，与《紫钗记》、《南柯记》和《邯郸记》并称为“玉茗堂四梦”。

② 瑞牛山即眠牛山，又称瑞山，在遂昌县城东。

减字木兰花　月湖[1]步影

菊花洲上，拾得玉轮情欲放。出水芙蓉，婷立烟波月下浓。

碧穹朗朗，任是高风吹忆往。逸韵清盅，狂客遗篇一岛荣。

【注】　① 宁波月湖开凿于唐贞观年间(627 年—649 年)，宋元祐年间(1086 年—1094 年)建成月湖十洲。南宋绍兴年间(1131 年—1162 年)，广筑亭台楼阁，遍植四时花树，形成月湖上月岛、菊花洲、芙蓉洲等十洲胜景，三堤七桥交相辉映。宋元以来，月湖是浙东学术中心，是文人墨客憩息荟萃之地。唐代大诗人贺知章、北宋名臣王安石、南宋宰相史浩、宋代著名学者杨简、明末清初大史学家万斯同等风流人物，或隐居，或讲学，或为官，或著书，都在月湖留下不可磨灭的印痕。自号"四明狂客"的贺知章(659 年—744 年)名诗"少小离家老大回，乡音无改鬓毛衰。儿童相见不相识，笑问客从何处来"家喻户晓，月湖风景区柳汀岛上建有贺秘监祠。

秋月会友

秋风淡抹玉门开，
桂子邀娥醉月台。
难得云闲亭静夕，
艄舟千叶万星栽。

赏月偶感[1]

冰轮出幔故园情，
梦里依稀促织鸣。
寄望来年秋月夜，
苍穹借我数繁星。

【注】 ① 中秋赏月，如梦似幻，遗憾的是见不到儿时的满天繁星。

桂殿秋 天一阁[①]

天阁雨，世楼风。藏书万卷入蓬宫。三江桂子瑶池露，四海文人梦笔通。

思往事，月窗东。流光细细织秋空。园林静静吟诗短，帖刻长长意不穷。

【注】 ① 天一阁位于浙江宁波市区，是中国现存最早的私家藏书楼，也是亚洲现有最古老的图书馆和世界最早的三大家族图书馆之一。天一阁占地面积2.6万平方米，建于明朝中期，由退隐的兵部右侍郎范钦主持建造，当时存书达七万多卷。明清以来，文人学者都为能登此楼阅览而自豪。中华人民共和国成立后，政府专门设置了管理机构，探访得到了流失在外的三千多卷原藏书，又增入当地收藏家捐赠的古籍，现藏古籍达三十余万卷，其中珍版善本达到了八万多卷。除此，天一阁还收藏了大量的字画、碑帖等。天一阁之名，取意于汉郑玄《易经注》中“天一生水”、“以水制火”之说，意为以水克火，保护藏书。“风雨天一阁，藏尽天下书”，1982年3月天一阁被国务院公布为全国重点文物保护单位。

江月吟[①]

甬江一曲十年怀，
绕拾余音笛瑟开。
闽水桥边深夜月，
今宵偏照涌潮来。

【注】 ① 2011 年暮春晚在福州会友由感而作。

月下冷剪情[1]

月上东山泥舍静，
灯油尽衲小儿襟。
霜风透骨先尝指，
冷剪三声怕梦寻。

【注】 ① 此诗追忆亡母。

水调歌头　峥嵘岁月[1]

明月皎东海，浪激北仑山。路坡坎坎，双轮[2]载夜辗霜还。方饮共同泉水，又见红梅吐蕊，风步走城湾[3]。今夕是何岁？烛尽笑年关。

多少事，从来急，岂求闲。此生无愧，民间忧乐挂长帆。回首善滋朋辈，放眼祥龙世味，烂漫五花船。幽岛学垂钓，泊岸看波澜。

【注】 ① 谨以此词贺友退休。

② 当时自行车为最主要的交通工具，是工作用车，也是运钞车。

③ “城湾”、“共同”为原镇海县（后划归宁波市北仑区）塔峙公社两个生产大队，现为两个行政村。

夜写年终总结

灯花告月移，
咬稿半更衣。
生怕东方白，
三惊报晓啼。

六和钟声[1]

雍容大度四方苍，
海立钱塘八面罡。
卷瀚天风铃似醉，
钟声夜半月如霜。

【注】 ① 六和塔又名六合塔，取“天地四方”之意，位于杭州钱塘江畔月轮山上，背倚翠峦，俯瞰江潮。六和塔始建于公元970年，塔高59.89米。塔内部砖石结构分七层，塔外部木结构为八面十三层，是我国古代建筑艺术杰作。夜间，每当六和钟声响起时，风铃潮信，月光似泻，别有一番风光。

天仙子　雪梅迎春

枝问数声梅絮醒，飞雪焙红一岁竟。竹风潇雨弄春音，花月静，溪流景，印水翠烟娆愫影。

岗上晚星云秀颖，人不负年年起敬。步宽闲庭伴寒香，天似秤，心如镜，明夕玉蟾应满径。

平湖秋月[1]

白沙堤[2]上石栏方，
素细流光似梦霜。
湖里跃鱼滴水出，
杯中玉兔着罗裳。

【注】 ① 平湖秋月，西湖十景之一，位于白堤西端，孤山南麓，凭临湖水。登楼眺望秋月，西湖浩渺，一抹淡霜。

② "白沙堤"是白堤的原名，东起"断桥残雪"，西止"平湖秋月"。唐代诗人白居易任杭州刺史时有诗云："最爱湖东行不足，绿杨荫里白沙堤。"即指此堤。后人为纪念这位诗人，将其称为白堤。

洞仙歌　洱海夜月[1]

冰清玉洁，月海飞金镜。萧夜风来动花影。碧莹莹、横卧朦色银苍，烟波淡，露润楼亭草静。

穹窗帘未下，宫阙屏开，天上人间两相应。话不尽昆弥，百里清光，三更鼓、正浓雅兴。况灯火船台舞蹁跹，又万点云山，素田千顷。

【注】　①洱海古称“叶榆水”，也叫“西洱河”、“昆弥川”，是由西洱河塌陷形成的高原湖泊，因为湖的形状酷似人耳，故名洱海。洱海水深清澈，透明度大，好似一面玉镜，镶嵌在苍山脚下，湖光山色，秀丽无比，宛若无瑕的美玉，素有“银苍玉洱”之誉，是中国著名的高原湖泊。洱海风光，四时变幻，多姿多彩。清晨，薄雾轻笼，湖面迷茫，烟波无际；待东方日出，揭开面纱，露出秀美的面容；旭日初升，朝阳四射，金波粼粼，渔舟扬帆；夕阳西下，余霞错绮，归舟泊岸，渔歌唱晚；月夜，水静风轻，月影波光，轻涛拍岸。“洱海夜月”是大理四大奇景之一。

秋月盼归人

日晚燕双飞，
游人却不归。
年年家满约，
岁岁桌空杯。
云暮声声乱，
星明促促催。
中秋三五月，
怎不请人回？

菩萨蛮　月山桥影[1]

金钩一曲山弯寂，六桥暝色银河夕。举水请如龙，凤来浏水中。

双双风雨笔，一一潇潇笛。相约小村东，望穷流月空。

【注】　① 廊桥之都——浙江省庆元县举水乡月山村，村子的后山形如半月，村前溪水曲似银钩，村庄坐落其间，如同山环水抱的一轮圆月，故名月山村。此地，闻名于世的六座古廊桥形如长虹卧波，亭台楼阁错落有致，“小桥、流水、人家”恬然优美，置身其中，宛若人间仙境。

月山村有两座廊桥记录着一段爱情传奇。传说月山村里曾经有个阳刚男子叫如龙，一个似水女子叫来凤。一年大旱，溪流干涸，如龙和来凤携手在山中千辛万苦找到新的水源，并开渠引水到月山村，还化解了矛盾，他们也成了夫妻。村里的人们为了纪念他们，在村头和村尾各建了一座廊桥，一座叫如龙桥，另一座称来凤桥，至今名扬四海。

赋得月亭①

枫林漠漠月潇潇，
古道长亭马踵骄。
片片霜红妆地陌，
滴滴露碧画天桥。
春风得意云和捷，
秋雨垂霖雅志高。
今日处州多少路？
时辰半个一炊遥。

【注】 ① 得月亭，位于浙江省云和县城东北部 2.6 千米，处在云和至处州的枫树古道间。该亭建于清嘉庆丙子年(1816 年)桂月吉旦，三进，二门直通，与观象楼相对，重檐攒尖屋顶，玲珑小巧，内置木板长椅，游人可倚可坐，看水观山。亭内正面裙板楷书“空山新雨后，天气晚来秋。明月松间照，清泉石上流”和“月到天心处，风来水面时。一般清趣味，料少无人知”古诗二首。得月亭古枫参天，山山相连，景色如画。旧时云和古城，出城东，入前巷、枫树弯，过得月亭、至庄前村、上岗山村、局村埠头，连处州府。

四时节令

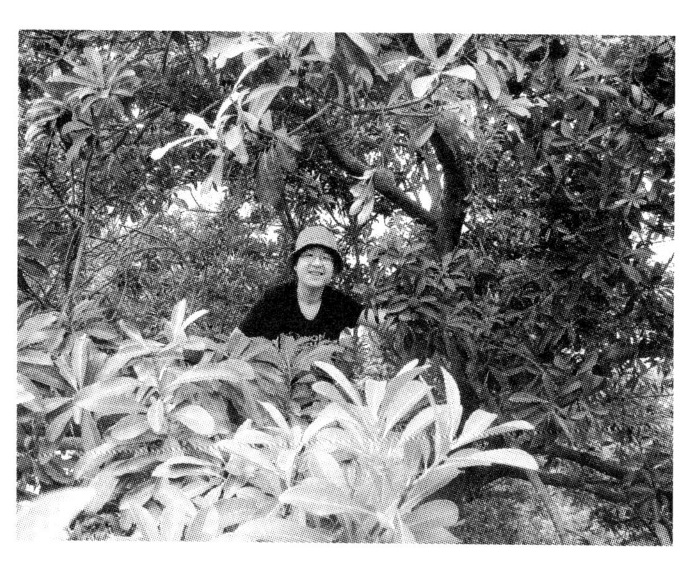

元日[①]咏雪

天赐银丝柳色佳，
青山换袄着蝉纱。
谁言寒冬输桃李，
一夜开高玉蝶花。

【注】 ① 旧称农历正月初一为元日。

鹧鸪天　春节[①]

爆竹开花又一春，五更星晓拜年人。柳梳玉细枝荷宠，梅醒梢头苞夺尊。

风喜客，日临门。孙儿催促去龙村。今朝一岁全家长，不薄人间老耄身。

【注】 ① 古代称年为岁，岁首月为正月，正月初一为岁之朝、月之朝、日之朝，故曰“三朝”，亦曰“三始”，俗称新年、年初一、大年初一。辛亥革命后，我国采用公历，称公历 1 月 1 日为新年，把农历正月初一改称春节。中华人民共和国成立后，公历 1 月 1 日正式被定为元旦节，农历正月初一仍沿称为春节，现今是我国最重要的传统节日。春节以喜庆丰收、恭喜发财、祈接福祥、平安健康为主题，庆祝时间从旧年除夕到新年元宵节，长达十六天左右。

壬辰春节自寄[①]

金龙腾舞万丛新，
小院寒梅报玉音。
奖信敲门杯载世，
龙笺进舍墨期孙。
近看翠竹千枝绿，
远望群峦百感襟。
终把清茶当美酒，
砚磨笔奋白头吟。

【注】 ① 2012年1月8日，我被我国有关部门授予“腾飞中国——2011最具影响力年度人物”荣誉称号。由于事务缠身未去北京钓鱼台领奖，春节收到从北京寄来的荣誉证书、奖杯、奖章等奖品，有感而赋。

雪后春节回乡偶感

大年初一艳阳红，
童小新衣画雪洞。
相见只言城里客，
直抛银蛋指九峰。

咏岁贺诗[①]

贺岁钟催又一年，
应禧龙晓拂人间。
根深冷岙骁山石，
淼淼溪流写锦篇。

【注】 ① 附壬辰岁首诗友和诗：贺岁金龙拜新年，蒋翁佳作李杜篇。志高千丈祥云瑞，华诗美韵遍人间。

兔年吟兔[①]

花容月貌步功轻，
天质聪明肺腑诚。
不食荤腥光吃草，
唯求平淡独防鹰。
一生忌问公家事，
万慰自知屋里清。
献己甘为霓袖舞，
看穿尘世两眸晶。

【注】 ① 本诗写于2011年农历辛卯年春节，以此诗赠给我的爱人和世间所有善良的人。

新年新翻

岁庆报平安，
梅开顺水帆。
新弹祈福曲，
一路艳阳天。

生查子　元宵节[①]

年年元夕时，最忆灯中柳。满月挂梢头，风带丝丝秀。

钱塘不夜天，染得江如昼。笑语入千门，梅动香依旧。

【注】　① 农历正月十五日也叫上元节，因古代称夜为宵、为夕，称上元夜为元夜、元宵、元夕，故上元节又叫元宵节、元夕节。元宵节的主要习俗是张灯、赏灯、玩灯。灯是节物，因此又称灯节，现在灯彩已发展成为一种专门艺术。元宵节的另一个传统习俗是吃汤圆，故汤圆又叫元宵。吃汤圆意为团圆、吉祥、美满。因元宵节是农历新年后第一个月圆日，月圆人团圆，历来为人们所重视。

元宵节偶拾

今年三五元宵节，
前院灯花别样开。
雪映寒梅丹苑静，
日间穿蝶踏春来。

望江东　立春[①]

山屋前头百年树，喜鹊醒、新枝数。春牛报讯贴门户，夜漏尽、晨鸡曙。

春风一抹农时促，令鞭打、穷幽谷。待年之计在于逐，只望是、秋粳熟。

【注】 ① 立春是二十四节气之首，每年公历 2 月 4 日前后为立春日，是四时之始。一年之计在于春，旧时，人们在立春写春联，贴春牛图，吃五辛盘，鞭打春牛，策励农耕，开展多种迎春活动。

立春晨拾

飞雪迎春洗早尘，
梅捎信息一湖新。
桃花柳叶何时剪？
草色荷茎似有音。
胸纳百川天地奋，
年分四季二三春。
长歌一曲风和月，
我把晨光送与君。

春分[1]拾韵

露压菜花盛，
风吹麦地青。
缘春逢喜霁，
莫待日西耕。

【注】 ① 每年公历 3 月 20 日或 3 月 21 日为春分。春分，昼夜平分之意，排二十四节气之四，此时太阳直射赤道，春暖花开，莺飞草长，小麦拔节，油菜花香。“春分麦起身，一刻值千金”，进入春季农忙季节。古时又称春分为“日中”、“日夜分”、“仲春之月”，其意义，一是指一天时间白天黑夜平分，各为 12 小时；二是古时以立春至立夏为春季，春分正当春季中，平分了春季。宋苏轼《癸丑春分后雪》诗：“雪入春分省见稀，半开桃杏不胜威。”春分也是植树造林的极好时机，古诗就有“夜半饭牛呼妇起，明朝种树是春分”之句。欧阳修对春分也曾有过一段精彩的描述：“南园春半踏青时，风和闻马嘶。青梅如豆柳如眉，日长蝴蝶飞。”

风入松　清明[①]

踏风涉雨又清明，寒食[②]盼天晴。桃花落处长长泪，一涓涓、流尽深情。扫墓年年都去，年年路过溪亭。

念思寸寸越云层，寄去四时更。一抔黄土千声语，托红日、再祈先灵。借得山间香火，幽台点起心灯。

【注】 ① 清明为二十四节气之一，每年公历4月5日前后开始，时在农历三月，俗称三月清明。节气第一天为清明节，是重要的农时节日。因为清明节在寒食节的后一天，唐代以后与寒食节逐渐融合，故有三月节、踏春节、植树节、插柳节、聪明节等别称。清明扫墓，缅怀先人，已成为现时风俗。

② 寒食节在清明节的前一天，是日禁火，吃冷食，所以又称禁烟节、熟食节、冷节。相传起于纪念春秋时代割股奉君的晋国贤臣介子推。古时寒食节有上坟、踏青、荡秋千、牵沟（拔河）等习俗。

清明回乡

旧舍檐滴漏雨声，
游儿泪水润清明。
睡深似有亲娘语，
言慰轻轻怕梦惊。

清明祭母

年年春到思劳燕，
今日墓前泪水咽。
满山桃花本无声，
风吹雨淋哭一片。

立夏[①]旧事

夏到人间万象呈，
糯香豌豆胜粢盛。
两根全笋双双蛋，
秤杆声声唱破风。

【注】 ① 每年公历5月5日或6日是农历的立夏。“斗指东南，维为立夏，万物至此皆长大，故名立夏也。”立夏的“夏”是“大”的意思。在天文学上，立夏表示即将告别春天，是夏天的开始。农作物进入旺季生长，水稻栽插以及其他春播作物的管理进入了大忙季节。周朝时，每到立夏这天，帝王要亲率文武百官到郊外“迎夏”，并指令司徒等官去各地勉励农民抓紧耕作。立夏节民间有吃糯米豌豆饭、立夏蛋，称体重等习俗，一直流传至今。中饭吃糯米饭，饭中掺杂豌豆。桌上必有煮鸡蛋、全笋、带壳豌豆等特色菜肴。立夏吃罢中饭还有称人的习俗，起源于三国时代。

凤凰台上忆吹箫　抒怀端阳[①]

青艾门前，小亭闻粽，古村遐见莓红。尽小楼帘下，日漫窗东。莲叶擎天舞蝶，都道是、万物生风。湖山乐，莺娇细细，燕语长空。

匆匆。岁流唤步，真似梦一帘，去急难踪。适浴兰闲退，归我幽丛。无怨无求无悔，且觉得、地厚天中。尘何断，深情挂牵，宛似清风。

【注】 ① 农历五月初五是我国传统节日——端午节。端午本名端五，古代人以地支纪月，五月为午，又有“五为阳数”和“值五日午”的习俗，因此端午节又称端阳节、重午节、重五节，俗称“午日”。端午节是一个具有驱瘟祛邪性质的祭祀节日，有悬艾叶、吃粽子、赛龙舟等习俗。相传吃粽子、赛龙舟是为纪念爱国诗人屈原。

端午谒金顶[1]

眉山端午旧思生，
桥断西湖似梦行。
昆仑伯仲情义在，
借吾仙草送雷峰。

【注】 ① 金顶是峨眉山寺庙和景点最集中的地方，为峨眉精华所在。1983 年被列为汉族地区佛教全国重点寺院。

端午即兴

菖蒲香淡柳烟霏，
但捧文城[1]竹叶杯。
粽系珊溪千树醉，
竞帆胜过汨罗飞。

【注】 ① 文城指浙江省文成县。珊溪水库在文成县境内，2000 年竣工。

夏至杨梅红①

昨夜青溪隔树泷，
枝头露果惹人宠。
杏黄飘处农家乐，
夏至杨梅一路红。

【注】 ① 夏至是二十四节气中最早被确定的一个。夏至有三义：一以阴阳气之至极，二以明阳气之始至，三以明日行之北至，故为至。公元前七世纪，先人采用土圭测日影，就确定了夏至。每年的夏至从6月21日（或22日）开始，至7月7日（或8日）结束。夏至这天，太阳直射地面的位置到达一年的最北端，几乎直射北回归线，北半球的白昼达最长，且越往北昼越长。夏至是一年"四时"之一，标志盛夏的来临，与冬至开始数九一样夏至起也数"夏九九"。古时又称夏至为夏节、夏至节。古时夏至日，人们通过祭神以祈求灾消年丰。夏至日是中国最早的节日。清代之前的夏至日全国放假一天，回家与亲人团聚畅饮。夏至后第三个庚日为初

伏，第四庚日为中伏，立秋后第一个庚日为末伏，总称伏日。夏至来临，浙江余姚、慈溪等地杨梅红熟，故有“夏至杨梅满山红”之说，届时，亲朋团聚，尝梅品酒，热闹胜似春节。

立秋[1]感时

梧桐灵气足，
一叶可知秋。
新谷千家乐，
甜瓜百姓抔。
寒蝉鸣满柳，
玉米笑成丘。
戊日归檐燕，
忙添做社油。

【注】 ① 每年8月7日、8日或9日为立秋，又叫“交秋”，暑去凉来，意味着秋天开始。从文字角度来看，“秋”字由禾与火字组成，是禾谷成熟的意思。古代立秋之日，皇帝会率领文武百官到西郊祭祀迎秋，并下令武将开始操练士兵，以保家卫国。另外，不论朝廷还是民间，在立秋收成之后，都会挑选一个黄道吉日，一方面祭拜感谢上苍与祖先的庇佑，另一方面则尝试新收成的米谷，以示庆祝。我国古代将立秋分为三候：“一候凉风

至；二候白露生；三候寒蝉鸣。”立秋节，也称七月节。在广大农村中，在立秋这天的白天或夜晚，有预卜天气凉热之俗。还有以西瓜、四季豆尝新、奠祖的风俗。在浙江等地，立秋日取西瓜和烧酒同食，民间认为可以防疟疾。城里人在立秋当日买个西瓜回家，全家围着啃，曰“啃秋”，也称为“咬秋”。立秋后第五个戊日为秋社，在一些地方，至今仍流传有“做社”、“敬社神”、“煮社粥”的说法。

临江仙　中秋[1]探母

年到中秋心气滚，轻车风急飞奔。潺潺泉水苦吟身。推门开步静，见面泪淋淋。

辛汗一生流额径，就愁儿走关门。冷知暖晓是慈亲。不吟明月曲，只拨感恩音。

【注】 ① 中秋一词始见于《周礼》。唐朝中秋赏月风行，有八月十五中秋节的记载。北宋太宗年间(976年—997年)正式将农历八月十五日定为中秋节。此节又称仲秋节、团圆节、秋节、八月节，俗称"八月半"。是日，月圆人团圆，家人团聚，拜月赏月，品尝月饼，对月饮酒，文人聚会，吟诗作赋，是我国人民特别看重的节日。

木兰花　中秋寄友

人生易老月何老？又是一年秋节闹。莫言几度夕阳红，晚彩满天霞更好。

桂飘香露流珠早，电信贺秋心用稿。莫忘今夜月儿圆，弄曲嫦娥弦不少。

秋分[1]逢君

春风不便待秋分，
桂子飘滇适遇君。[2]
月夜凉风解人意，
冰心一片万星辰。

【注】 ① 每年的9月23日前后，太阳到达黄经180度时，进入秋分节气。秋分与春分一样，都是古人最早确立的节气。《春秋繁露·阴阳出入上下篇》云："秋分者，阴阳相伴也，故昼夜均而寒暑平。""秋分"的意思有二：一是按我国古代以立春、立夏、立秋、立冬为四季开始划分四季，秋分日居于秋季90天之中，平分了秋季；二是此时一天24小时昼夜均分，各12小时。秋分曾是传统的"祭月节"。古有"春祭日，秋祭月"之说。现在的中秋节则是由传统的"祭月节"而来。

② 应好友多次邀请，春季身体稍有不适，秋桂开时方才成行。时夜凉风习习，桂香醉人，碧空万里，繁星点点，朋友见面，情深意长。

秋分西栅[1]夜

绿洲孤岛锦葵黄，
丹桂香楼月似霜。
柔橹声声秋色夜，
千船灯火映棂窗。

【注】 ① 西栅位于浙江省桐乡市乌镇。西栅景区占地3.4平方千米，环境优美，需坐渡船出入。纵横交叉河道9000多米，有古桥72座，河道密度和石桥数均为全国古镇之最。景区内保存有精美的明清建筑25万平方米，横贯景区东西的西栅老街长度达1.8千米，两岸临河水阁绵延余1.8千米。景区北部区域是5万多平方米的天然湿地。西栅景区是中国罕有的"观光加休闲体验型"古镇景区，完美融合了观光与度假功能，街区内的名胜古迹、手工作坊、经典展馆、民俗风情、休闲场所让人流连忘返，自然风光美不胜收，泛光照明的夜景气势磅礴。

阮郎归　重阳[①]

秋风秋雨弄花黄，归人步故乡。去年今日是重阳，人间九九长。

新路上，旧时肠，举头见瓦当。梦魂纵使泪门墙，思亲天一方。

【注】 ① 农历九月初九为重阳节，又叫登高节、菊花节、茱萸节，俗称“九月九”。此节月、日数字同为九，故也叫重九节。《易经》凡阳爻都称九，所以又叫重阳节。是日，主要有登高、宴饮、赏菊、戴茱萸、簪菊花、吃重阳糕等习俗。20世纪80年代开始，中国一些地方把重阳节定为老人节，倡导全社会树立尊老、爱老、助老风气。2012年国家在《老年人权益保障法》中明确了每年九月初九为老年节。

重阳咏红叶[①]

数说寒霜无道义，
却还人世二春天。
可怜陌上阴阳脸，
不顾流光昼夜颠。
一路算机音有尽，
万年红叶韵无边。
重阳借得清风颂，
报与慈花不惜年。

【注】 ① 丁亥重阳于吉林蛟河红叶谷。

重阳小令

莫道山阳短，
人情似故乡。
蓦然回一目，
望断菊花墙。

清平乐　立冬寄语[①]

七年寒暑，心随风潮步。明月三江云水处，谁在这边擂鼓？

来时雾问秋匆，去程虹挂长空。莫道光阴难系，情留东海初衷。

【注】 ① 丁亥年立冬即赋。立冬与立春、立夏、立秋合称四立，立冬节气在每年的11月7日或8日，我国古时民间习惯以立冬为冬季的开始，而长江流域要到小雪节气前后才真正进入冬季。立冬作为汉族的传统节日，流行于全国各地。早在周代，此日天子亲率三公九卿等到北郊迎冬，祭祀。立冬节气，有秋收冬藏的含义，我国过去是个农耕社会，人们利用立冬这一天要休息一下，顺便犒赏一家人一年来的辛劳。在我国北方，立冬之日，各式各样的饺子卖得很火。人类虽没有冬眠之说，但民间却有立冬补冬的习俗。

离亭燕　冬至[①]

兔跃乌奔华夏，消九去寒图画。南日至长多少事，尽入万家灯话。亚岁庆新阳，兴满竹篱流亚。

律管黄钟[②]迎腊，雪梅冷葭容发。蒸豆热糕圆子品，寄愿往来牵挂。二除夜楼人，耐等玉轮西下。

【注】　① 冬至是二十四节气中最早形成的重要节气之一，这一天太阳几乎直射南回归线，北半球白昼最短，以后太阳直射北移，白昼渐长，故有"冬至一阳生"之说，所以冬至节又称长至节、一阳节，俗谓冬至日、至日。古人特别看重冬至节，称之为"亚岁"，民间有"冬至大如年"之谚。旧时放假庆贺，祭祀团拜。冬至前夕叫冬除，又称冬至夜、二除夜、冬夜。是夜，家人宴饮，聚食添岁，煮赤豆，炒年糕，"一如元日之仪"。冬至起九，共九九八十一天。

② 古时用律管测定节气变化，黄钟是十二律中第一管。

除　夜[1]

长长岁月遥遥路，
短短人生秒秒光。
爆竹一声人又老，
回头细数去年忙。

【注】　① 农历腊月最后一天的晚上，月穷岁尽，叫除夕，又称除夜、除日、岁除夜。俗称年三十、大年三十。“一夜连双岁，五更分二年”，中国人最重视除夜，这一天，家家户户洒扫门庭，除尘去秽，挂灯结彩，祭祖报神，团团圆圆吃年夜饭，送压岁钱，次日天亮开门燃放爆竹……如今又多了中央电视台春节联欢晚会，热闹非凡。

除夕祖孙乐

几年春晚几怀孙，
膝上童颜玩笑真。
解术猜谜评胜负，
输赢各半乐天伦。

赞戊子贺岁

拜年改革富创意，
借时错峰话更细。
都说子年瑞雪奇，
贺岁亦出新道理。

清风邈思

漏夜一秋瀟洒

洒鳳尾搖千愁

都可解鄉夢卻

難消

壬辰秋蔣志華詩并題

江上清风

来回无寄影，
岂晓几何斤？
逐浪行舟快，
催花乱眼新。
徐徐为伴意，
岁岁不沾尘。
两袖清风在，
烟蓑值万金。

清风八咏楼　读《乡村岁月》[1]

泼墨见青山，字字旧时情，毫端深忝。一缕清风好。喜八旬老翁，倾言存草。抚今追昔，忆岁月、凭栏吟道。似烟雨、春夏秋冬，不知坎坷多少。

霜星偏爱人杰，几长夜无眠，漏声晨鸟。啼林催早。最农家共梦，太坵香稻[2]。奔途迢险，纵先河、模具[3]幽抱。莫停手、举起金杯，掩卷醉樽同翱。

【注】 ① 谨以此词献给《乡村岁月》的作者，原镇海县塔峙公社党委书记、原镇海县文教局局长、宁波市北仑区司法局原局长乐小康先生，并祝贺他八十寿诞。

② 太坵系低洼贫瘠的水稻田畈。

③ 模具泛指生产模具的社队企业。

汤公春事[①]

班春[②]农劝力心田，
书履挥鞭[③]足事先。
借得二三烟雨好，
骨风撑起杏花天。

【注】 ① 汤公指汤显祖(1550—1616)，江西临川人，中国明代戏曲家、文学家。公元1583年(万历十一年)中进士，任太常寺博士、礼部主事，1591年因弹劾权贵，降为徐闻典史，1593年调任浙江遂昌知县，1598年为反抗暴政而弃官告归。在戏曲创作方面，反对拟古和拘泥于格律，作有“玉茗堂四梦”，以《牡丹亭》最为著名。在戏曲史上，汤显祖与关汉卿、王实甫齐名，在中国乃至世界文学史上都有着重要的地位，被誉为“东方的莎士比亚”。他在遂昌任期重视发展生产，颁布农令，下乡劝农，奖励农事。

② 班春，颁布春耕的政令。

③ 挥鞭，耕田时驱牛使鞭。

三寸金莲馆有感[1]

一天裹足百年累，
三寸金莲十缸泪。
旧疾早已消去烟，
步步生莲似留味。

【注】 ① 三寸金莲馆位于浙江省乌镇。展馆共展出不同历史时期，中国各地的女子缠足鞋 800 多双，还有众多的图片及缠足用具，并配有翔实的文字说明，有一段“步步生莲”的传说，引人入味。

洞仙歌　过严子陵钓台[①]

富春山麓，见清风无染。垂钓桐江淡香满。露凉时、更有披岙羊裘，君可数，几处桃源当选？

人生过眼水，一竹鱼竿，似约疏星渡涯岸。试问世间中，玉谢三股，其志向、何崇高远？笑云海茫茫路迢迢，尽柳暗花明，岁轮年换。

【注】　① 严子陵钓台，位于浙江省桐庐县城南富春山麓，是严子陵隐居垂钓之地。严子陵，名光，浙江会稽余姚（今宁波慈溪）人，东汉初年隐士。少时曾与刘秀同游学。刘秀即位后，他不愿出仕，遂更名隐居，“披羊裘钓泽中”。刘秀曾三次遣使相访，盛礼相邀，授谏议大夫，仍“不屈，乃耕于富春山”，老死于家，年八十。严子陵钓台由东台、西台、严先生祠、石坊、碑园、钓鱼岛、谢翱墓组成，在全国十多处“钓台”古迹中名列第一位，闻名于世。自汉以来，严子陵甘愿贫苦、淡泊名利的品质一直为后世所敬仰。

观越剧《韩非子》

旷世宏篇济国强，
妒才专横泪流长。
系情故土凌云志，
绝恋惊天痛宁阳[1]。

【注】 ① 宁阳指秦国宁阳公主。

钗头凤 思邻居

桃溪岸，禾秋晚，一壶茶水双门槛。忧劳累，霜风祟。问医煎药，互添衣被，贵！贵！贵！

新飞燕，生疏面，月明星淡矇眬眼。梯虽会，心无位。楼高人远，不知何岁，睡！睡！睡！

夏日清风

树荫留人夏伏中，
垂凉唤借有南风。
扶摇破暑连三日，
绣出荷花映面红。

苏幕遮　秋日乡思

菊花黄，霜叶起。秋水生波，波似青罗绮。雁喊长空回北里。一缕乡魂，系去风云际。

寄青天，愁绪启。只为归期，好梦谙知意。冷静山湾人可忆？潇雨涟涟，只理游思细。

感恩生活

旧说人生七十稀，
今谈百岁会纵期。
垂恩昨日深深揖，
善待今天淡淡祈。
知足当铭流去岁，
明途莫怨晚来曦。
含饴弄膝培花事，
与世包容笑凤仪。

红叶书签

霜染秋枫雨落红，
精研细选夹书中。
文章历古多清寞，
素简能当夜半钟。

点绛唇　乘凉

山夜晴空，满天星斗人间洒。蒲扇消夏，竹椅萤花发。

小院悄悄，只有孙儿话。依膝下，此无牵挂，只怕蚊来插。

眼花拾句

耄耋眸花肚里明，
无须把事细看清。
吟诗品茗能游目，
万户灯霓玉宇莹。

诗情人生

人生如彩笔，
可写七情笺。
李杜童时读，
诗魂老树牵。
潜心追韵味，
执著奋诗田。
假我斜阳好，
诗情伴晚年。

答刘君[1]

流岁悠悠常有思，
一吟难尽奈何之。
假吾逝识光千遍，
独洒雄鹰展翅时。

【注】 ① 和晓春友诗：一卷读罢有所思，于今行吟欲何之？卅年砥砺思量遍，尤忆灵峰初识时。

木兰花　印象·刘三姐[①]

九天星月邀山水，舟叶竞台箫鼓沸。歌声似海曲如潮，音落东山西岭对。

山歌阵阵清香惠，玉宇嫦娥心亦醉。山歌漾漾五洲风，唱尽人间真善美。

【注】　①《印象·刘三姐》是大型的广西桂林山水实景演出。实景剧场有超过1.6平方千米水域，12座著名山峰，60多位中外著名艺术家参与创作，600多名演职人员参加演出，于2004年3月20日正式公演。刘三姐是中国壮族民间传说中一个美丽的歌仙，围绕她有许多优美动人、富于传奇色彩的故事。《印象·刘三姐》以经典传说“刘三姐”为素材，集漓江山水风情、广西少数民族文化及中国精英艺术家创作之大成，是全世界第一部全新概念的“山水实景演出”。

衢州孔庙[1]随笔

庙院云门开，
天高古树栽。
重檐[2]山歇顶，
万世表师台。
北望思齐鲁，
南迁咏泰来。
清风千古殿，
两地禀英怀。

【注】 ①衢州孔氏家庙坐落于浙江衢州市区，是全国仅有的两家孔氏家庙之一，素称“南宗”。

②重檐歇山顶亦叫九脊殿，在等级上仅次于重檐庑殿顶。

赋日月山[①]

贞观长歌汉藏亲[②]，
五难婚使韵风深。
眼前青海菁菁草，
遥梦长安绿绿茵。
风唤娇娥天地语，
镜开岭岫雪山魂。
炫光汩洒丝绸路，
倒淌[③]河情日月吟。

【注】 ① 日月山，初唐时名赤岭，因当年唐文成公主入藏途经此山，东望长安，宝镜坠地，分为金日、银月两半，日月交相辉映的故事而改今名。

② 汉藏亲指公元 640 年，文成公主(625 年—680 年)奉唐太宗之命和亲吐蕃，进藏嫁予松赞干布，为增进汉藏两族人民亲密、友好的关系，作出了历史性的贡献。从此中原与吐蕃之间关系极为友好，使臣和商人频繁往来。

③ 倒淌指山南脚下由东向西流的倒淌河。

再访李清照纪念堂[①]

才女如花花似梦，
轻香暗淡瑾瑜柔。
冰清玉洁凌霜傲，
自是花中第一流。

【注】 ① 山东济南李清照纪念堂位于趵突泉公园内，漱玉泉旁，1959 年始在原丁公祠处辟建而成，1999 年进行较大规模扩修建，现今面积达 4000 余平方米。纪念堂采用宋代建筑风格，整个建筑布局精巧和谐，格调朴实、淡雅、大方，恰当地体现了女词人的身份、气质和风度。纪念堂前院门楼是一座飞檐圆顶的四柱抱厦，双脊比翼，颜额挂有牌匾，上写“李清照纪念堂”。门楼迎门屏风前后两面分别是“一代词人”和“传颂千秋”。正厅坐北朝南，青瓦起脊，歇山飞檐，匾额上书“漱玉堂”，门前抱柱上有对联：“大明湖畔趵突泉边故居在垂杨深处，漱玉集中金石录里文采有后主遗风”。以上几处文字皆为郭沫若题写。本诗最后一句借用李清照词句。

定西番　读《石灰吟》[1]

四句铮铮一抹，清耳目，壮心怀，彻云台。

烈火焚烧清白，洁身磐石来。力挽狂澜熔铄，扫尘霾。

【注】　①《石灰吟》是明代民族英雄、政治家于谦的一首托物言志诗。此诗因反映了诗人廉洁正直的高尚情操而脍炙人口。作者以石灰作比喻，表达自己为国尽忠，不怕牺牲的意愿和坚守高洁情操的决心。

石灰吟

千锤万凿出深山，烈火焚烧若等闲。
粉骨碎身浑不怕，要留清白在人间。

卜算子　劳动节有感

五一客农庐，旧事心中漾。对忆春耕夏作时，苦辣酸甜涨。

劳动不分家，遇节当共享。听说村民有假休，倍感闲风爽。

渔家傲 双夏[1]

晓月夜星风不起，恶蚊食血田间戾。烈日收种身尽泥。天知否，蚂蟥[2]螫我冰霜厉。

冷饭清香和水洗，农时辛苦为追季。指望丰年添瑞气。倾浊酒，杯中滴滴非容易。

【注】 ①“双夏”即夏收夏种，也称“双抢”，时7月底8月初，是江南收割早稻、插种晚稻最忙的农事。

② 蚂蟥是水蛭的俗名，生活在稻田、沟渠、浅水污秽坑塘等处，嗜吸人畜血液，行动非常敏捷，会波浪式游，也能作尺蠖式移行。每到春暖即行活跃，6—10月均为其产卵期，到冬季其往往蛰伏在近岸湿泥中，不食不动，生存能力强。

清风可味

金钱花花陶人醉，
追名逐利虚度岁。
梦里仙餐皆幻烟，
惟有清风可入味。

木兰花　送故人[1]

风清云海横峰渡，忽报人间今殁故。汉阳[2]落泪洒鄱帆，炉岫有情燃紫素。

分明垂钓披蓑仆，公道心肠忘苦楚。匡庐借得一山香，放鹤送君西去路。

【注】 ① 丙戌年六月二十六日，余在江西庐山开会，忽闻一故友谢世，悲痛万分，填词西送。

② 汉阳指庐山最高峰——汉阳峰。炉岫指香炉峰。

长相思　观越剧《柳毅传书》[1]

西风凉，北风凉。龙女奴羊何细量，仙间亦断肠。

情义长，相思长。千里洞庭珠泪扬，爱情天道酿。

【注】　①越剧《柳毅传书》讲述的是湖北书生柳毅在前往长安赴考途中，在泾阳遇到一女子在冰天雪地里牧羊。多方打听才知其是遭泾河龙王十太子百般欺凌的洞庭湖龙宫三公主。柳毅义愤填膺，答应其放弃科举机会，代为到洞庭湖龙宫送信，扶危济困。几经周折，三公主与柳毅仙凡联姻，有情人终成眷属。这是一部善良最终战胜邪恶，真情与爱情、浪漫与现实交织在一起的戏剧名作，广为流传。

竹楼听雨

漏夜一秋潇，
涔涔凤尾摇。
千愁都可解，
乡梦却难消。

朝中措　卖瓜翁

浪浪汗逼小楼东，卖叫莫如翁。扇拂摊前垂杨，调来阵阵凉风。

西瓜面市，香飘百里，秤上浆琼。好在一身本事，切开只只沙红。

感时抒怀

浙江省慈善总会
赠匾仪式
利国益民

行香子　十八大感赋[1]

九十春秋，柱砥中流。清平乐、碧海神州。为民做主，风雨同舟。越新行程，航行稳，力行遒。

浓浓特色，笔笔深筹。看宏篇、正道花稠。巍巍华夏，硕果催收。纵探山歌，恋山曲，景山幽。

【注】 ①中国共产党第十八次全国代表大会（简称中共十八大）于2012年11月8日在北京召开。党的十八大代表名额共2270名，由全国40个选举单位选举产生。2012年11月14日12时许，中共十八大在人民大会堂胜利闭幕。

高阳台 咨询十年句[①]

冬雪春花，悠悠十载，钱塘江晚归船。问月何时？宛然花甲之天。气存三寸何高老？难顾休、思砚磨穿。访民生、山海奔波，捉笔深渊。

人生一渡知何处？但星帆点点，学海无边。交友闻师，寒枝栖满群贤。雷峰夕照依然是，借扁舟、醉泛忘年。掩重门，两袖清风，一抹秋烟。

【注】 ① 吾在步入花甲之后的2003—2013年十年间，连续担任两届浙江省人民政府咨询委员会委员。期间参与了许多重大课题的调研及重大项目的论证，撰写了多篇经济社会方面的调研报告、对策建议和社情民意，同时也接触了不少做人、做学问的专家学者，受益匪浅。这是我人生旅途上的重要一站。

杭州7路公交车九十华诞偶感[1]

风雨兼程九十秋，
相携民草渡同舟。
乾坤日月年年转，
西子人情代代流。
路敬七旬霞晚笑[2]，
道谦三丈晓晨羞。
公交歌就公平路，
老少无欺孺子牛。

【注】 ① 壬辰荷月，我携孙并家人乘杭州7路公交车到西湖观赏荷花，偶见车内上方有“相随同行九十载，携手共谱世代情”条幅，想起我曾百余次乘坐7路公交车的风雨历程，触景生情，由感而赋。

② 杭州市对乘坐公交车的70岁以上老人实行免费制度。

渔家傲 梦游黄岩岛[①]

漏夜睡深魂不老，悠悠登上黄岩岛。南海涛花分外好。波光里，五星闪烁渔帆早。

自古海耕牛酒劳，何来小鳖船边闹！日月昭昭天地道。良宵短，长空晓破吹军号。

【注】 ① 黄岩岛（曾用名：民主礁），是中国三沙市管辖中沙群岛中唯一露出水面的岛礁，距中沙环礁约160海里。黄岩岛是中国固有领土，原由海南省西南中沙群岛办事处实施行政管辖，2012年设立三沙市后，归三沙市管辖。中国对黄岩岛的领土主权拥有充分法理依据：中国最早发现、命名黄岩岛，并将其列入中国版图，实施主权管辖；中国一直对黄岩岛进行长期开发和利用。现在黄岩岛由中华人民共和国实际控制。

玉茗堂观戏[①]

十番昆曲[②]玉楼悠，
插卉[③]茶灯[④]似水流。
美景良辰看不尽，
牡丹载舞唱千秋。

【注】 ① 玉茗堂位于浙江遂昌县“汤显祖纪念馆”内。汤显祖于1593—1598年任遂昌知县。他勤政爱民，兴教办学，劝农耕作，灭虎除害，政绩显著。为了纪念他，遂昌建有“汤显祖纪念馆”。该馆位于县城北街，馆内陈列内容丰富，格调高雅，集中介绍汤显祖生平，在遂昌政绩，以及艺术创作成就。馆内有戏台，常有演出。

② 昆曲十番是遂昌民间古乐，2008年入选第一批《国家级非物质文化遗产名录》扩展项目名录。

③ 汤显祖每年春耕劝农时，给农民播春花，饮春酒。

④ 茶灯指茶灯舞。

台风日参观中国水利博物馆[①]

钱江怒滃突天掀，
雄塔吞云百丈烟[②]。
一本河渠翻水利[③]，
九州禹贡[④]著巨篇。
千年河路三江曲[⑤]，
万里堤塘百姓殚。
上齿轮磨兜水碓，[⑥]
废兴海纳米粮川。

【注】 ① 2012年8月2日，浙江省政府咨询委员会组织参观中国水利博物馆，时值台风“苏拉”外围影响。

② 中国水利博物馆位于杭州市萧山区，2005年3月开工兴建，2010年3月22日“世界水日”开馆试运营。水博馆采用“塔馆合一”的建筑创意，由下部圆形博物馆体和上部钢结构玻璃观光塔组成。

③ “水利”溯源于《史记·河渠书》。

④ 九州禹贡指大禹治水。

⑤ 京杭大运河始建于公元前486年，元代全线贯通，至今有近2500年历史。三江泛指海河、黄河、淮河、长江、钱塘江和运河。

⑥ “上齿轮磨兜水碓”泛指古代木制水车、水磨、水碓等。

少年游　效实中学百年华诞感怀[1]

苍松烟树斗星桥，风物竞潇潇。百年学府，育才灏灏，今日涌新潮。

晚霞似火秋光好，情思若涛涛。岁月如流，最牵年少，甜梦旧时邀。

【注】　① 宁波效实中学创建于1912年，校址坐落在宁波西门口北斗河畔。“效实”之名，语出严复所译的《天演论》“物竞天择，效实储能”句。从20世纪50年代起，效实中学先后被列为浙江省重点中学、中国百强中学。建校一百年来培养了4万余名学生，其中有15名成为院士。2009年9月，学校迁至城西白杨街柳西河畔。2012年10月20日举办了百年校庆。我于1962年毕业于效实中学高中，时日应邀参加校庆，五十年后同班同学相聚，风华年少皆成七旬老人，蓦然回首，情感交集，即兴填词。

菩萨蛮　青藏铁路[1]

雪域天路长长笛，神龙一越明明月。春色竞青苍，牧民觞寿康。

千年魂梦蝶，世纪清平乐。新帖写沧桑，高原游醉乡。

【注】　① 青藏铁路，是中国新世纪四大工程之一。青藏铁路是世界海拔最高、线路最长的高原铁路，被誉为“天路”。它东起青海西宁，西至西藏拉萨，全长1956千米，2006年7月1日正式通车运营。青藏铁路大部分线路处于高海拔地区和“无人区”，修建中克服了多年冻土、高原缺氧、生态脆弱、天气恶劣等大难题，世界罕见。

西江月　山城寄愿[1]

方问江边涛色，重来却见三年。东风催日步蓝天，归雁丝丝情线。

明月照窗留客，清风拂面飞帆。满船壮志别巴山，破浪花开烂漫。

【注】 ① 好友建龙在重庆市任农行行长近三年，勤勉清正，开拓创新，业绩显著，众口皆碑。2012 年秋奉调即将到浙江任职之际，我专程去重庆看望，赋词一首留作纪念。

贺友任新职[①]

岁逝龙年劭令融，
春风栉沐建隆穹。
长河晓月三千里，
醉看新枝映碧荣。

【注】 ① 2013 年 1 月 19 日，农银人寿保险公司在北京正式挂牌，建荣友出任党委书记、董事长兼总经理。

癸巳有寄[①]

岁月流晖又建松，
扬扬瑞雪舞龙穹。
梅开五福吟诗好，
泼墨银山贯日红。

【注】 ① 壬辰岁尽癸巳开春，浙江大地瑞雪纷飞，银蛇狂舞。诗友用邮件寄来一诗祝贺新年：龙腾蛇舞人辞岁，气正风清日竞催。万里神州飞瑞雪，生机无限报春晖。余拾诗一首以答之。

行香子 农行问农

融墨秋春，情系乡村。重过了、多少田垠。相传薪火，几代耕耘。纵数农时，问农计，操农心。

重重担子，细细葭根。和风沐、山水开襟。创新入梦，尽责如魂。更联农家，谙农道，伴农津。

雅安地震

川中惊地震，
牵动万民心。
日月如捶腑，
山河欲断魂。
救灾严命令，
抢险力身拼。
沉痛难眠夜，
星灯可满斟。

【注】 ① 写于 2013 年 4 月 20 日深夜。雅安市，位于中国四川省中南部，是古南方丝绸之路的门户和必经之路。2013 年 4 月 20 日 8 时 02 分，雅安市芦山县（北纬 30°3′，东经 103°）发生 7.0 级地震，震源深度 13 千米。

满江红 神舟九号首次载人空间对接[①]

舟吻天宫，三江奋、五洲横笛。长夜梦、太空行走，喜圆今夕。赶月追星奔万里，跋霄涉阙挥千笔。羡玉宇、速客伴冰轮，无穷碧。

炎黄孙，重九立。翔瀚海，鹏鲲翼。驾惊涛骇浪，拔山神力。壮志敢教苍昊事，银河任我穹青楫。越从容、古国总春华，凌风逸。

【注】 ① 神舟九号飞船是中国航天计划中的一艘载人宇宙飞船，是神舟号系列飞船之一。天宫一号与神舟九号载人交会对接为中国航天史掀开了极具突破性的一章。2012 年 6 月 16 日 18 时 37 分，神舟九号飞船搭载景海鹏、刘旺、刘洋（女）3 名宇航员在酒泉卫星发射中心发射升空。2012 年 6 月 18 日约 11 时左右转入自主控制飞行，先后与天宫一号目标飞行器在轨成功进行了两次交会对接，第一次为自动交会对接，第二次由航天员手动控制完成。

银杏送凉[①]

挂枝金叶换秋装，
白果难逢旧夕霜。
寒露贯珠还是请，
河边又见菊花黄。

【注】 ① 由于气候变暖，秋天的宁波已很少见到地上有霜。

农忙感时

山村半夜月悬天，
户户扬播响灶烟。
欲问农夫何以苦，
三更就可探田间。

临江仙　总行老干部局成立书怀①

六十春秋流水去,龙年开出新花。蕊烟绚烂卷云霞。琼楼箫吹,奔走有了家。

多少回眸人事改,夜阑梦沏清茶。如今岁月尽风华。拥行兴业,歌在夕阳斜。

【注】　① 2012年春,在中国农业银行党委和蒋超良董事长的重视关心下,农总行成立了离退休人员管理局,成为龙年农行一大喜讯,老同志奔走相告。

咏　老[1]

莫怨人生春逝早，
斗转星移天亦老。
借得敬海一叶舟，
载尽秋光百年好。

【注】 ① 谨以此诗贺中国农业银行总行老干部工作座谈会于2012年10月31日在杭州召开。

妇女主任[①]

日出耕田地，
星移走四方。
头当三九[②]月，
脚踩八阡霜。
心点千家事，
胸开百户窗。
归来门叩急，
捧碗忘盛汤。

【注】 ① 谨以此诗献给中华人民共和国成立后各个时期热心为民生的农村妇女干部。

② “三九”是一年中最寒冷的时段。

念奴娇 浙商银行建行九年感赋[①]

匆匆九年，见晴空万里，思长秋碧。多少英才书史业，挥动劲苍雄笔。情系民生，墨融社会，绘体强双翼。大江南北，点成银铺历历。

任自盛夏寒霜，浪潮漠漠，稳把行舟楫。帆挂创新耕竞海，百舸喜闻悠笛。洋纳千川，精勤效事，云锦心心织。请盅邀月，赏看渔晚歌夕。

【注】 ① 浙商银行是浙江省唯一一家总部设在当地的全国性股份制商业银行，2004年8月成立以来已走过了九个年头。九年来，在激烈的市场竞争中，浙商银行坚持稳健经营的方针和“一体两翼”的发展战略，实现了速度、质量、效益的协调发展，体现了企业市场行为与履行社会责任的有机统一，取得了一项又一项的殊荣。欣喜之余填词一首，以为见证。

参观王会悟纪念馆[①]

玉立沧桑海柱雄，
计安一大建奇功。
凌风乘鹤三千丈，
绝唱英名九曲丛。

【注】 ① 王会悟于1898年7月8日出生在浙江省桐乡县乌镇，6岁就开始接受文化启蒙教育。1919年，她前往上海寻求妇女独立解放的途径，在这里她结识了后来成为中国共产党创始人之一、马克思主义哲学家、中国留日学生总会代表李达，1920年两人结为伉俪。1921年7月中共一大会议在上海召开，王会悟作为中国第一批社会主义青年团员，参加了大会的筹备、会务和保卫工作。大会期间，由于密探闯入，会议必须另选地点。王会悟立即建议到嘉兴南湖继续开会。在嘉兴南湖红船上，"一大"所有议程完成，伟大的中国共产党正式诞生。1949年5月乌镇解放，王会悟北上与丈夫团聚，被安排在政务院法制委员会工作。1993年10月20日，王会悟病逝于北京，享年96岁。现在乌镇建有王会悟纪念馆。

赠友退休

人生大舞台，
难得把花栽。
都说斜阳好，
梅香二度开。

浪淘沙　问田

春到地时更，忙了农耕。栽苗凭靠外来工。今年稻香身是客，知有谁踪？

人远草荒丛，此计难穷。读书童少七旬翁。膏沃良田呼策促，留与谁种？

咏辽宁舰交付入列[①]

东溟涌浪高，
航母逸涛遨。
长我中华志，
风云第一号。

【注】 ① 辽宁号航空母舰，简称“辽宁舰”，是中国人民解放军海军第一艘可以搭载固定翼飞机的航空母舰。前身是苏联海军的库兹涅佐夫元帅级航空母舰2号舰“瓦良格号”。20世纪80年代中后期，“瓦良格号”建造工程中断，1999年被中国购买，2005年4月26日开始由中国海军继续建造改进，2012年9月25日，正式更名为“辽宁号”，并交予中国人民解放军海军使用。

生查子　寄人工增雨[1]

烈日煮禾田，飞鸟炉林浴。入伏气温高，急煞农家女。

昨夜彻灯明，问计连天宇。火箭现雷霆，午见倾盆雨。

【注】 ① 2013 年夏天入伏以来，浙江各地连续高温，有的地方气温高达摄氏 40 度以上，给农业、林业生产等都带来了严重影响，也给城乡居民的工作和生活带来许多不便。各地人工降雨部门抓住积云机会，发射火箭弹及时催雨，收到了不同程度的成效，有的地方一次人工增雨作业，降水 50 多毫米。触景生情，由感而赋。

田园秋歌[①]

金涛万顷逸娇娥，
红柿青瓜压断河。
田舍新茅鸡竞戏，
老翁锄草唱山歌。

【注】 ① 2012年中秋于宁波农村。

春　思[1]

元春才二日，
母逝十三年。
泪眼愁思舍，
依稀旧梦间。

【注】　① 本诗写于2013年元月。

眼儿媚 赋太空授课

捷步青云入穹宫，授课太空中。玉轻若絮，指推弦诵，美女从容。

六千万众连眸望，圆梦见师踪。大江南北，三山五岳，耳目生聪。

【注】 ① 神舟十号航天员于北京时间 2013 年 6 月 20 日上午十点零四分零秒到十点五十五分零秒，共 51 分钟，在太空给地面的学生讲课。此次中国航天员太空首次授课由王亚平主讲，聂海胜为授课助讲兼指令官，张晓光摄像。授课主要面向中小学生，让大家了解失重条件下物体运动的特点、液体表面张力的作用，加深对质量、重量以及牛顿定律等基本物理概念的理解。航天员在轨讲解和实验演示，并与地面师生进行了双向互动交流，当时有 6000 万人听课。

茶苑新曲

清净
癸巳春 蒋志华 书

沁园春　观越剧《陆羽问茶》[①]

朝剪春芽，暮采秋霞，万丈淡清。履东庐西峡，北嵩南岭，饮泉嚼翠，问道茶经[②]。山野村夫，凌霄壮志，可与天公比励精。流光走，喜巨篇留世，千古垂青。

茶香飘落民家，伴爽气长存岁月增。最杯舟苦涩，花笺养性，茗瓯立德，玉宇心澄。茶事茶人，茶门茶品，如净芸生和善风。吾何求，访幽轩未晚，茅舍一翁。

【注】　①《陆羽问茶》是一部以弘扬中华茶文化、宣示"杭为茶都，茶为国饮"为主旨的大型新编传奇越剧，茶圣陆羽作为"艺术新人"首次"走"上戏曲舞台，展现了"淡泊名利、寄情山水、潜心问茶、立志写经"的茶人形象。该剧淡雅中含有些许苦涩，营造看剧如品茶的艺术效果。陆羽（755 年—804 年），复州竟陵（今湖北省天门市）人，一生嗜茶，精于茶道，被誉为"茶仙"，尊为"茶圣"，祀为"茶神"。唐朝上元初年（公元 760 年），陆

羽隐居江南各地，撰《茶经》三卷，对中国茶业和世界茶业发展作出了卓越贡献。

②《茶经》，是中国乃至世界现存最早、最完整、最全面介绍茶的第一部专著，被誉为“茶叶百科全书”。此书是一部关于茶叶生产的历史、源流、现状、生产技术以及饮茶技艺，茶道原理的综合性论著，是一部划时代的茶学专著。

虎跑茶缘[①]

此地随缘茶作酒，
紫壶龙井二三盅。
都言一样春芽煮，
水用跑泉就不同。

【注】 ① 虎跑以泉闻名，誉称为“天下第三泉”，位于杭州市西湖区。相传，唐元和十四年(819年)高僧寰中(亦名性空)来此，喜欢这里风景灵秀，便住了下来。后来，因为附近没有水源，他准备迁往别处。一夜他忽然梦见神人告诉他说：“南岳有一童子泉，当遣二虎将其搬到这里来。”第二天，他果然看见二虎跑(刨)地作穴，清澈的泉水随即涌出，故名为虎跑泉。虎跑泉晶莹甘洌，居西湖诸泉之首，“龙井茶叶虎跑水”，被誉为西湖双绝。历代的诗人们留下了许多赞美虎跑泉水的诗篇。苏轼《虎跑泉》诗：“亭亭石榻东峰上，此老初来百神仰。虎移泉眼趁行脚，龙作浪花供抚掌。至今游人灌濯罢，卧听空阶环玦响。故知此老如此泉，莫作人间去来想。”

霜天晓角 茶思

风霜几洗，一叶香千里。终有万盅难尽，长亭路、当留意。

青山茶岁记，薄云皆有义。凉了不须拘泥，抬头望、清霞寄。

畲乡问茶[1]

春日早晨烟，
茶园露舌尖。
毫芽黄乳淡，
嫩叶雪香鲜。
当午新杯捧，
斜阳旧梦牵。
惠明钟暮远，
芳醉一千年。

【注】 ① 浙江省景宁畲族自治县是目前我国唯一的畲族自治县，也是著名的茶叶产地。畲族人民创制的名茶——惠明茶，明成化年间列为贡品，是全国重点名茶之一。惠明茶品质优异，亦因惠明和尚而称，迄今已有1100余年的种植历史。现今惠明寺右尚有一株古茶。此茶叶芽乳白带淡黄，冲泡后又呈白色，色、香、味俱佳，人称“白茶”、“仙茶”、“兰花茶”。1915年惠明茶获巴拿马万国博览会金质奖章和一等奖证书。

龙井茶[①]

湖雪松风涧水友，
沐霜饮露素心修。
青舟一叶南山碧，
飘洒清香在五洲。

【注】 ① 西湖龙井位列中国十大名茶之首，清乾隆游览杭州西湖时，盛赞龙井茶，并把狮峰山下胡公庙前的十八棵茶树封为“御茶”。龙井茶得名于龙井。龙井位于西湖之西翁家山的西北麓，也就是现在的龙井村。龙井原名龙泓，是一个圆形的泉池，大旱不涸，古人以为此泉与海相通，其中有龙，因称龙井。传说晋代葛洪曾在此炼丹。离龙井500米左右的落晖坞有龙井寺，俗称老龙井，创建于五代后汉乾祐二年(949年)，现寺辟为茶室。西湖龙井始产于唐朝，明代益盛。在清明前采制的叫“明前茶”，谷雨前采制的叫“雨前茶”。向有“雨前是上品，明前是珍品”的说法。龙井茶泡饮时，但见芽芽直立，汤色清洌，幽香四溢，尤以一芽一叶、俗称“一旗一枪”者为极品。

访中国茶叶研究所[1]

青山叠翠茗香醇，
名秀三千梦早春。
一叶绿舟情似酒，
五洲四海请茶人。

【注】 ①中国农业科学院茶叶研究所于1956年6月由国务院科技规划委批准筹建、1958年5月在浙江省杭州市成立，是我国唯一的国家级茶叶综合性科研机构，2001年增挂浙江省茶叶研究所牌子。位于杭州西湖西部梅家坞，所内种植2000多种茶树。研究所建有院士实验室、茶树生物技术实验室、分子生物学实验室及“开放实验室”，所内图书馆有藏书4万余册，是我国最大的茶叶专业图书馆。主办、编辑出版《中国茶叶》、《茶叶世界》等专业期刊。

苏幕遮　山村茶事

菜花黄，桃叶涤。春醉茶芽，箩数清香滴。风起罗衣双手翼。捎去山歌，似约苍鹰击。

又新楼，开业吉。门卷幡旗，雅座无虚席。壶叫声声翻浪急。做客农家，韵尽诗心笔。

茅庐品茗[①]

放眸山色调心琴，
茅舍品茶健晚身。
膝下弄孙天赐乐，
百年香茗最留春。

【注】 ① 本诗系作者退休以后携孙住山区茅屋即兴所赋。

闽江茶会[①]

滔滔闽系水，
切切故友情。
小榭解人意，
茶风问醉亭。

【注】 ① 闽江是福建省最大河流，发源于福建、江西交界的建宁县均口乡。建溪、富屯溪、沙溪三大主要支流在南平市附近汇合后称闽江，穿过沿海山脉至福州市，折向东北注入东海。闽江全长500多千米，流域面积6万多平方千米，约占福建全省面积的一半。2002年应故友之邀在闽江畔品茶叙旧。

观《印象大红袍》[1]

茶园荫荫荡歌潭，
九曲夷山水半酣。
一阵春风青叶起，
清香满树尽灯阑。

【注】 ①《印象大红袍》是福建武夷山的大型山水实景演出，它把悠远厚重的茶文化内涵用艺术形式予以再现，和美丽的自然山水浓缩成一场高水准的艺术盛宴。武夷山大红袍作为“茶中之王”，早在唐宋时期就盛名远播，代表中国乌龙茶申报世界非物质文化遗产。宋代著名诗人朱熹有诗赞颂：“仙翁遗石灶，宛在水中央。饮罢方舟去，茶烟袅细香。”《印象大红袍》山水实景演出，打破了固有的“白天登山观景、九曲泛舟漂流”的传统旅游方式与审美方式，展示了夜色中的武夷山之美。置身其中，不仅可以将武夷山最著名的大王峰、玉女峰尽收眼底，而且还会有穿着民俗服饰的侍女，递上一杯中国“茶王”大红袍，让观者一品芳茗，使观者真切地感受“人在画中游”。

采茶吟[①]

山间小鸟细歌吟，
双眼莺梭两手纭。
嫩叶翩翩如燕剪，
青箩露沁采茶人。

【注】 ① 20 世纪 50 年代读初中时，参加采茶劳动由感而作。

鹧鸪天　品茶有悟

万物人间似幕烟。淡心泊事雾中看。借来三月新芽煮，享尽重天瑶荟甘。

经雨雪，历烹煎。绿舟片片淡香添。沙风浊气轻一笑，晚节如茶立九天。

秋日龙井听泉[1]

试茗山风渐，
听泉水有情。
万枝依旧绿，
一叶最倾诚。

【注】 ① 龙井指杭州老龙井。深秋龙井碧翠的茶园中吐出朵朵白花，层绿的山坡中展现片片红叶，让人感慨万千。

谢村姑早春惠茶[1]

时去云城二十年，
每逢春到惠芽煎。
我从百事常缘适，
天就醇茶久遇闲。
泉水一壶舟叶泛，
清香几度玉盅残。
村头若有乡人问，
片片银毫岁月言。

【注】 ① 云城指浙江省云和县。1991年我受派带省工作组人员去云和蹲点，三个月里与当地农民同吃同住同劳动，结下了深情厚谊。时隔二十多年，我还收到房东寄来的新茶，品茶之际，似乎回到了当时岁月。

太常引　人生如茶

南山二月剪春芽，片片袅窗纱。烹就一壶霞，把杯举、清香更加。

淡浓如自，浮沉不语，脉脉伴阳斜。莫道岁流华，过去了、人生似茶。

宿梅家坞[①]

茶芽清淡结友途，
品茗观尘有亦无。
莫苦人生烦事索，
琅珰十里奉砂壶。

【注】 ① 梅家坞地处杭州西湖风景名胜区西部腹地，沿梅灵路两侧纵深长达十余里，四周青山环绕，茶山叠嶂，有“十里梅坞”之称。梅家坞是一个有着六百多年历史的古村，是西湖龙井茶一级保护区和主产地之一。在20世纪五六十年代，梅家坞就已是对外宾开放的定点观光区，几十年共接待过上百位国际名人和国家元首。1953年至1962年期间，周恩来总理曾先后5次来到梅家坞村视察、指导农村工作，将此作为指导全国农村工作的联系点。梅家坞茶文化村有周恩来纪念室、琅珰岭、礼耕堂等历史文化景观。放眼望去，层叠的茶树郁郁葱葱，茶叶的清香沁人心脾，几百茶楼宾客满座。

武夷茶情

莺啭声声隔树清，
武夷山水玉壶迎。
岩茶[①]酣畅催人醉，
脉脉思情万里行。

【注】 ① 武夷岩茶为乌龙茶类，产于闽北“秀甲东南”的名山武夷，茶树生长在岩缝之中。武夷岩茶具有绿茶之清香，红茶之甘醇，是中国乌龙茶中之极品。武夷岩茶属半发酵的青茶，制作方法介于绿茶与红茶之间。大红袍是最著名的武夷岩茶。

烛影摇红　参观中国茶叶博物馆[①]

黛色从中，立一壶，不晓闲、长清味。尊胸装茗万愁无，天地风华瑞。

摩尽三千岁月，凭栏前、醇香欲醉。玉颜人品，待到来时，涓涓纤汇。

【注】　① 中国茶叶博物馆是茶文化专题博物馆，位于浙江省杭州市西湖西南面龙井路旁双峰村，1990年10月起开放。馆内有茶史、茶萃、茶事、茶缘、茶具、茶俗六大相对独立而又相互联系的展示空间，从不同的角度对茶文化进行诠释，反映中国丰富多彩的茶文化。茶是中国对人类、对世界文明所作的重要贡献之一。中国是茶树的原产地，是最早发现和利用茶叶的国家。茶业和茶文化是由茶的饮用开始的，几千年来，随着饮茶风习不断深入人民的生活，茶文化不断丰厚和发展，成为东方传统文化的瑰宝。近代茶文化又以其独特的风采，丰富了世界文化，维系着中国人民和世界各国人民的深厚情感。

木鱼镇[①]烤茶[②]

山道弯弯云雾搂，
叠嶂层峦龙蛇走。
木鱼依依动客心，
烤茶[②]一杯疑是酒。

【注】 ① 木鱼镇位于湖北神农架林区南部，是神农架林区对外开放的窗口。据传，木鱼镇得名于美丽的传说。

② 烤茶是饮茶的一种方法，有清心、明目、利尿的作用，还可消除生茶的寒性。制饮方法是：将特制的小土陶罐放在火塘边或火炉上，先把陶罐烤热后，再放入茶叶，然后不断抖动小陶罐，使茶叶在罐内慢慢膨胀变黄，待茶香四溢时，将沸水少许冲入陶罐内，此时陶罐内泡沫沸涌，茶香飘溢。待泡沫散去后，再加入开水使其烧涨，即可饮用。烤茶冲饮3次，即弃之。若再饮用，则另行再烤。如来客甚多，每人发给一个小陶罐和杯子，自行烤饮。自烤自饮，表示尊敬客人。

茶楼赏秋[1]

半月残荷几叶窗，
满湖秀色一船装。
霜林夜静茶枝绿，
菊伴香盅万朵黄。

【注】 ① 上有天堂，下有苏杭。天堂有美景，美景透茶香。登临三面临湖的湖畔居茶楼，西湖的湖光秀色尽收眼底，这是个充满茶香的空间。

柳梢青　咏茶

明友龙芽。名冠天下，雀舌堆华。碧水丹青，穹宫玉翠，十里流霞。

都言平淡生涯。陆公[①]试、根清润佳。舟叶燕飞，止心若水，深岙人家。

【注】　① 陆公指陆羽。他不仅被誉为“茶仙”，尊为“茶圣”，祀为“茶神”，而且善于写诗。《全唐文》有《陆羽自传》。

情系河山

宁波老江桥[1]

江风淡淡眺天高，
出水长虹沐涌潮。
日载流霞车步急，
夜牵露月楫声摇。
风霜古渡长长梦，
雨雪春秋短短箫。
历历弹痕磨不去，
英姿依旧甬城娇。

【注】 ① 宁波老江桥指宁波灵桥，现桥建于1936年5月，抗战时期，虽遭日寇狂轰滥炸，但桥梁未受严重破坏，几经维修，灵桥风采依旧，是宁波城市标志之一。

采桑子　香山[1]

香炉峰下风萧瑟，庸绣流葱，楼影苍穹，野趣悠悠百尺松。

莫愁霞晚黄昏近，且看秋容，霜叶新红，满幕春光随手拢。

【注】　① 香山又叫静宜园，位于北京海淀区西郊，全园面积160公顷，顶峰香炉峰海拔575米，是北京著名的森林公园，金代在这里修建了甘露寺。香山古树参天，榕树成行，泉流淙淙，亭台层层，是幽雅宜人的好去处。香山红叶最为著名，每到秋天，漫山遍野的黄栌树叶红得像火焰一样。2012年10月12日，在第24届北京香山红叶文化节开幕式上，香山被授予“世界名山”称号，列入了美国雷尼尔雪山、韩国雪岳山、坦桑尼亚乞力马扎罗等世界24座名山之中，这也是中国继泰山、黄山、庐山、峨眉山之后的第5座入选“世界名山”的中国名山。

访走马塘[1]

荷花[2]池畔马头墙，
七十多铭士墨香。
耕读可闻重九木[3]，
遗风能传岁河长。

【注】 ① 走马塘位于宁波市鄞南平原、茅山之阳，是千年古村。因历史上该村曾出过76位进士，被称为“中国进士第一村”。

② 荷花为该村“族花”。马头墙又叫封火墙，为防火而建。马头墙两叠、三叠、四叠的较多，最多五叠，俗称“五岳朝天”。

③ 重九木即重阳树，是一株由该村陈氏祖先取名的千年古树。

春早松台山[①]

莺细二三三，
馨馨白玉兰。
悠悠流盼阁，
早早有人闲。

【注】 ① 松台山位于温州市中心。海拔 39 米，面积 4.23 公顷。山上苍松林立，顶平如松。唐元和(806 年—820 年)中建有净光宝塔，宋太宗曾赐“宿觉名山”匾额。山麓东有金沙井，南有妙果寺，西有落霞潭，北有普觉庵，山上建有观松阁，是温州市民晨练晚唱活动的地方。

一剪梅　网岙①

挺九奇峰凌玉霄。碧水潺潺，修竹潇潇。无边梦境一泓来，门石花开，沐雨霞浇。

峡谷飞云香酒烧。一阙龙宫，四季兰桡。春风探路有谁知？红有梅苞，绿有松梢。

【注】 ① 网岙位于浙江省宁波市北仑区九峰山。据传古时网岙倚山临海，是渔民结网晒网的地方，故称网岙。几经沧桑变迁，现网岙峡谷奇峰四起，石门洞开，银流飞瀑，清泉潺潺，修竹茂林，四季花香，并留下了许多美丽的传说，成为著名的风景区，富饶的新农村。

点绛唇 探秀山湿地[①]

春树飞红，渔家幸在桃源住。白秋寒鹭，丹橘枝头舞。

饮水芦花，尽吐风情絮。难止步，柳丝轻疏，欲探鱼归浦。

【注】 ① 秀山湿地位于浙江省舟山市岱山县秀山岛，生态条件优越，属海岛湿地保护区。秀山湿地与滑泥主题公园相邻，占地面积约1.5平方公里，地势平坦、河网交错，植被以桃树、橘树、芦苇和小块稻田为主，并有多种国家保护动植物，具有罕见的海岛特色，是一处难得的生态净土。

青海湖[①]小拾

咸泊天湖[②]碧玉材，
金裘绿毯姹花台。
牦牛背上遐思力，
错把湟鱼海里猜。

【注】 ① 青海湖又名“库库诺尔”，即蒙语“青色的海”之意。青海湖，地处青海高原的东北部，它既是中国最大的内陆湖泊，也是中国最大的咸水湖。青海湖面积达 4456 平方公里，环湖周长 360 多公里，湖水平均深约 21 米，最大水深为 32.8 米，蓄水量达 1050 亿立方米，湖面海拔为 3260 米。湖每年 12 月封冻，冰期 6 个月，冰厚半公尺以上。夏秋时节，湖滨辽阔起伏的千里草原就像是铺上了绿色绒毯，有五彩缤纷的野花，数不尽的牛羊和骢马，麦浪翻滚，菜花泛金，芳香四溢。每到冬天，浩瀚碧澄的湖面，冰封玉砌，银装素裹，就像一面巨大的宝镜，在阳光下熠熠闪亮。

② 湖中盛产全国五大名鱼之一——青海裸鲤（俗称湟鱼），为国家重要名贵水生经济动物。

好事近　秋雨耕读桥[1]

桥上探诗风，正值弄秋时节。逢雨读书雅事，令世人深切。

美人靠[2]上细观看，晴锄静无歇。望去画文田野，似轻烟操笔。

【注】 ① 耕读桥位于乌镇西栅风景区，桥意为晴耕雨读。

② 美人靠是靠椅的雅称。

塔尔寺[①]印象

金瓦[②]炫蓝天，
清斋数万间。
崔嵬如意塔[③]，
静静六百年。

【注】 ①塔尔寺位于青海省西宁市湟中县城鲁沙尔镇，得名于大金瓦寺内为纪念黄教创始人宗喀巴而建的大银塔，藏语称为“衮本贤巴林”，意思是“十万狮子吼佛像的弥勒寺”。塔尔寺始建于公元1379年，距今已有600多年的历史，现有僧舍等建筑9300多间。

②塔尔寺有大金瓦殿、小金瓦殿，大金瓦殿是塔尔寺最主要最古老的建筑。藏语称为“赛尔顿庆莫”，意为金瓦，建筑面积456平方米。

③八宝如意塔位于寺前广场，共八个塔，据传是为纪念佛祖释迦牟尼一生之中的八大功德而建造的，建于1776年。其造型大同小异，塔身白灰抹面，底座青砖砌成，腰部装饰有经文，每个塔身南面还有一个佛龛，里面藏有梵文。

木兰花　游钱江源[1]

莲花尖上清凉散，九涧十潭春色晚。飞瀑直泻日如晶，暝雾空朦轮月辗。

借来霁夜阴晴半，蓦见锦绫书画卷。鸟归林寂水潺潺，百丈魔崖帆点点。

【注】 ① 浙江省开化县钱江源为国家森林公园，是浙江省母亲河——钱塘江的发源地。这里峰峦叠嶂，岩崖嶙峋，飞泉瀑布，云雾变幻，古木参天，珍禽异兽，最高峰莲花尖1136.8米，域内千米以上山峰有25座，群峰竞立，气势雄伟。清泉从纵横交错的沟谷涌出，时急时缓，时溪时潭，时瀑时湖。日出云海，日落丹霞，日雨长虹，披银挂素，天象奇幻。钱江源地处浙、皖、赣三省七县（市）交界，有“一脚踏三省”之称。

漫步瓯江路[1]

三十年来首此行，
丝丝绦柳岸边青。
如烟旧景流光去，
似火朝霞满目情。

【注】 ① 改革开放以来，温州市区的面貌实现美丽蜕变，城市道路网日趋完善，绿化面积不断增加，瓯江路及其一侧的沿江景观带公园则是两者完美结合的典型。瓯江路全线开通后，沿江一带独特的景观设计和优势区位，使其成为市民休憩游玩的好去处，被称为温州“最美外滩”。

鸟岛写景[1]

群鸟飞奔万里山，
候居西海足悠闲。
皑皑白雪萋萋草，
声伴莹莹宝石蓝。

【注】 ① 鸟岛坐落在青海湖的西北隅，分为一东一西两岛。青海湖古称“西海”，蒙语称“库库诺尔”，藏语称“错温布”，意为“青色的海”、“蓝色的海洋”。湖的面积有4000多平方公里，是中国最大的内陆咸水湖，也是重要的湿地。由于独特的地理和气候环境，青海湖每年都吸引数以十万计的候鸟前来繁衍生息。五、六月份的时候，岛上能有30多种鸟，数量最多的时候达到16万只，景象十分壮观。

湖的四周被四座巍巍高山所环抱：北面是崇宏壮丽的大通山，东面是巍峨雄伟的日月山，南面是逶迤绵绵的青海南山，西面是峥嵘嵯峨的橡皮山。这四座大山的海拔都在3600～5000米之间，不少终年积雪，与绿色的大草原相映如画。

日月亭小拾[①]

日月同辉隔山望，
汉藏相亲千古唱。
西海[②]锁关雪映亭，
白云哺翠牛羊壮。

【注】 ① 日月亭指青海湟源县日月山上为纪念文成公主建的日亭和月亭。内有唐蕃古道纪念碑。

② 青海湖古称西海。

渔家傲　游大青山国家公园[①]

寒雨秋来云色异，青山雾去留春意。海岛绿洲风雅地。丛林里，古藤萦绕牵罗绮。

拍岸惊涛沙浪起，牛头观海天光霁。峭壁奇礁烟雪际。凭栏倚，彩霞落日游丝细。

【注】　① 大青山国家公园位于浙江省舟山市朱家尖岛，濒临东海舟山洋鞍渔场，被誉为“海上丝绸之路”的国际深水航道从附近海域经过。大青山国家公园以朱家尖岛的最高峰——大青山为主体，海拔 378.6 米，区域面积 10 平方公里。公园内有海岛罕见的大面积原始森林，宛若人间仙境；峭壁奇礁，潮声雄浑洪亮；千沙、里沙、青沙与东沙、南沙环环相扣，景观壮丽。园内有牛头看沙、箬槽观海、猫跳品礁、彭安赏石等各现不同景观。

重访西宁[①]

二十三秋古邑翩，
高楼林笔画蓝天。
缀花绿荫丝绸路，
捧出西都[②]夏玉蟾。

【注】 ① 二十三年前，我因参加中国农业银行总行召开的行长会议首次造访西宁。时隔二十三年秋天故地重游，古城面貌一新，不禁感慨万千。

② 西都指西宁市。西宁市被称为中国夏都。

游大明湖[1]

佛山百里晴，
历下有清风。
莲子千年熟，
澜舟水底峰。

【注】 ① 大明湖位于济南市历下区，与千佛山、趵突泉并称济南三大名胜，是繁华都市中一处难得的天然湖泊，素有“泉城明珠”美誉。大明湖是一个由城内众泉汇流而成的天然湖泊，面积几乎占了旧城的四分之一，现今湖面46公顷，平均水深2米左右。2009年，大明湖荣膺中国世界纪录协会“中国第一泉水湖”称号。大明湖景色秀美，鸢飞鱼跃，荷花满塘，画舫穿行，岸柳荫浓，繁花似锦，千佛山倒影湖中，清代书法家铁保留下了“四面荷花三面柳，一城山色半城湖”的名句。

生查子　三衢山行[①]

龙蛇争霸奇，仙女梳妆美。怪石走三千，峭壁岩林翠。

长廊藤紫牵，幽谷花馨泪。白鹭点花溪，娟秀挑人醉。

【注】 ① 三衢山位于中国胡柚之乡——浙江省常山县。境内翡翠石林风景区地质剖面界定为4.5亿年前奥陶系地质年代，俗称“金钉子剖面”。景区内喀斯特地貌发育完全，三衢长廊，紫藤峡谷，石林与藤蔓相互交错，形成的各种动物造型奇特，惟妙惟肖，堪称“江南一绝”。距“金钉子”剖面不远处，在不到4公顷范围内聚集了3万多只鹭鸟，品种繁多，形态各异，雍容优雅，它们群起群落，形成了一道壮丽的自然景观。

观澜亭[1]写意

若轮泺水涌前亭，
细细涟漪漱玉明。
九曲风荷三窟发，
万千乐鼓奏泉城。

【注】 ① 观澜亭位于山东济南趵突泉旁。趵突泉居济南“七十二名泉”之首，被誉为“天下第一泉”，是最早见于古代文献的济南名泉。趵突泉是古泺水之源，古时称“泺”。所谓“趵突”，即跳跃奔突之意，反映了趵突泉三窟迸发喷涌不息的特点。北魏郦道元《水经注》载：“泉源上奋水涌若轮。”清代康熙南游时，题了“激湍”两字，并封其为“天下第一泉”。在趵突泉附近，散布着漱玉泉、金线泉、柳絮泉等三十多个名泉，构成了趵突泉泉群。其中漱玉泉与宋代女词人李清照有关，她的故居就在漱玉泉边，因有文集《漱玉集》而得名。

护城河[①]偶拾

七十余泉清似酒，
汇波晚照夕霞流。
一开水闸惊林瀑[②]，
翠碧千帘入眼球。

【注】 ① 济南的护城河，是一条与泉城历史文明相伴而生的城市河流，也是国内唯一由泉水汇流而成的护城河。顺河而行，观翩翩垂杨，听潺潺泉韵，仿佛进入古朴的画境，《济南八景》、《娥英水长》浮雕、《老水磨坊》系列场景雕塑、南门桥《舜田门遗址》石刻等文化景观历历在目。

② 游船要经过一道闸门，水位落差形成了难得的瀑布。

归自谣　登白云尖[1]

云雾漫，穷目峰尖风乱眼。凭栏沧海群峦瀚。

清香一阵何处散？思思断，原来脚下山花烂。

【注】　①白云尖位于浙江省泰顺县，海拔1611米，为温州市第一高峰。尖顶常处于云雾之中，云海茫茫，犹似天上仙宫，登巅眺望，群山浮动在沧海之中。山脊上的道道防火线蜿蜒伸展，每当春天，两旁杜鹃盛开，鲜花簇拥，胜似瑶池花园。

鹤顶山[①]

海上立云山，
茫茫一片帆。
借风生电力，
擎塔抗台蛮。
月下飞轮走，
雾中蝶翅翻。
丰碑花草茂，
游目不知还。

【注】 ① 鹤顶山位于浙江苍南县，海拔 989 米，因山势如鹤顶而得名，山上怪石嶙峋，花草茂盛，奇峰异石，气象万千。1995 年始建风力发电站，曾为国内四大风力电场之一，是全国唯一一个曾经遭受过强台风袭击的风力发电场，是我国风力发电史上的一座丰碑。山上伫立的发电机塔犹如擎天巨柱，直插云霄，成为一道亮丽的风景线。

木兰花 宿镜泊湖[1]

粼粼湖水平如镜，千丈银帘飘月影。清波日照绿如蓝，青岭月笼山更静。

水楼小榭霞光醒，晨鸟双飞花木盛。月湾一宿梦三春，北国依依湖上景。

【注】 ① 镜泊湖是中国最大、世界第二大高山堰塞湖，为国家级重点风景名胜区，国际生态旅游度假避暑胜地，世界地质公园。水系包括大小 30 多条河流，呈向心式汇入湖中。镜泊湖有奇特的火山地质景观，国内罕见。该湖处于群山环抱之中，山重水复，蜿蜒连绵，时而水平如镜，时而微波荡漾，秀美无比。神奇、恢宏的吊水楼瀑布位于百里长湖北端，由黑色玄武岩形成的环状落水深潭，落差为 20 米，丰水期为三面溢水，瀑布长一百多米，飞流直下，声震如雷，十分壮观。镜泊湖景区为温带大陆性季风气候，春夏秋冬四季分明，景色各异，春花、夏水、秋叶、冬雪异彩纷呈。

荆楚风华

壽

定风波　黄鹤楼诗情

鹤去楼空客弄弦，归舟载月泊栏前。浪激龟蛇烟雨起，崔李[①]，传薪绝句泛漪涟。

黄鹄矶[②]台涛泼墨，怀阔，韵声律曲别重天。碧海苍穹《梅花落》[③]，宏博，悠悠管笛数千年。

【注】 ① 崔李指崔颢、李白。李白曾说："眼前有景题不得，崔颢有诗在上头"。

② "黄鹄矶"位于武昌城区西部，为蛇山西端突入江中的矶石，与汉阳禹功矶隔江对峙。三国黄武二年（223年），曾于此首建黄鹤楼，楼据此而得名。

③《梅花落》原为汉乐府二十八横吹曲之一，魏晋以后很风行。从南北朝时期开始，横吹曲《梅花落》又被称为笛子曲《梅花落》。至唐代，笛曲《梅花落》在市井流传更广，成为诗人墨客经常歌咏的对象，而且对文学也产生了很大的影响，此曲宋元明清几代也一直流传。后来流行的琴曲《梅花三弄》也是根据《梅花落》改编的。

观编钟表演

青铜春秋钟不老，
尤尊曾侯[①]尽其妙。
和音谐调馨穹宫，
一曲楚韵三镇袅。

【注】 ① 曾侯乙编钟为战国早期文物，1978 年在湖北随县(今随州市)成功发掘。出土后的编钟是由六十五件青铜编钟组成的庞大乐器，其音域跨五个半八度，十二个半音齐备。它高超的铸造技术和良好的音乐性能，改写了世界音乐史，被中外专家、学者称为“稀世珍宝”。本诗作于 2012 年 9 月 6 日湖北省博物馆。

汉宫春　秋月东湖[①]

秋到东幽，看含苞桂子，似见春烟。瑞风请笛，奏舞落雁一片。斌书邀月，令今宵、情满人寰。涛不断、依依弄筝，宛如玉兔来弦。

却有莺歌燕语，唱泱泱碧水，音转磨山。粼波泛舟点点，画蔚天澜。巍巍柳阁，谁行吟、名播坤乾？多少曲、离骚精妙，最扬荆楚云帆。

【注】 ① 武汉东湖位于武汉市城区的二环与中环之间，景区面积 73 平方千米，其中湖面面积 33 平方千米，是中国最大的城中湖。东湖湖岸曲折，港汊交错，素有九十九湾之说。1982 年被国务院列为首批国家重点风景区，有听涛、磨山、吹笛、落雁等景区。东湖是最大的楚文化游览中心，楚风浓郁，楚韵精妙，行吟阁名震遐迩，离骚碑誉为“三绝”，楚天台气势磅礴，楚才园名人荟萃，楚市、屈原塑像、屈原纪念馆，内涵丰富，美名远扬，文化底蕴厚重深远。2012 年秋应友之邀浏览东湖，留此感赋。

黄鹤楼抒怀[①]

十年之夏楚荆来，
楼去人空借石台。
今日醉寻黄鹤梦，
龟蛇门户已洞开。

【注】 ① 写于黄鹤楼重建后的1985年。

江汉平原行[①]

江汉荷花百里婷，
楚荆文化万盘瑛。
欲谙三国其中事，
湖北山河道实情。

【注】 ① 江汉平原，是由长江与汉江冲积而成的平原。位于湖北省中南部，西起宜昌枝江，东迄武汉，北至钟祥，南与洞庭湖平原相连。面积4万余平方千米，物产丰富，是湖北乃至全国重要的粮食产区和农产品生产基地，素有“鱼米之乡”之称。河流纵横交错，湖泊星罗棋布，与洞庭湖平原合称两湖平原。荷花盛开之时，气象万千。

满江红 咏东湖梅岭1号[①]

松啸飞龙，腾空舞、白云黄鹤。多少夜、掌灯迎日，运筹帷幄。萝卜青苗邀贵客，木床轻桌挥浓墨。旧话机、长伴在身边，金光烁。

东湖好，情朴朴。衣补补，钉钉作。算区区火柴，盒装天阔。强国立身天地恸，为民熬苦人间乐。泪难禁、海岳唱长歌，春风陌。

【注】 ① 从1953年起，毛泽东主席生前曾44次下榻东湖宾馆。自1960年建成至1974年，梅岭1号是毛泽东主席除中南海外居住时间最长、次数最多的地方。他在这里曾日理万机，处理国内外大事，接见中外名人及国际友人，并在此写下脍炙人口的诗词《水调歌头·游泳》。梅岭庄重、简洁、实用。毛主席一心为民，生活非常简朴，旧话机用了20多年不肯调换，用散装火柴让火柴盒多次使用，宴请外国元首竟上“娃娃菜”（萝卜菜苗），旧衣旧毛巾补补钉钉，睡的是一张普通的木床，亲自植松浇水直至最后一次离开梅岭……艰苦朴素，民生至上，感人至深。

木鱼镇夜行

山道弯弯云雾搂，
叠嶂层峦龙蛇走。
木鱼依依动客心，
烤茶一杯疑是酒。

青玉案　三峡大坝

万年江石横空出，滚流截、长龙伏。烨笔平湖怀若谷。梦魂深晚，春波新绿，醒忆中华夙。

飞云过处摩天鹄，三斗坪[①]开五湖熟。劲步萧萧千里目。蓦然回首，百艘竞逐，燕子花营筑。

【注】 ① 三斗坪位于中国湖北省宜昌市西南部，长江西陵峡中部南岸，黄牛岩北麓，邻秭归县境。传昔有人以三斗米开店得名，现为三峡大坝的坝址所在。

秋霖神农坛[1]

秋雷催雨祭神坛，
霂沐珙桐[2]果翅弯。
始祖凝眸千丈坐，
杉王[3]伸臂百台攀。
流金叠翠天山画，
采药扒崖地架禅。
烟雾萦缭清淡味，
群峦蓦见霁光岚。

【注】 ① 神农坛是神农架祭祖的地方。远古时期，神农架地区曾是一片汪洋大海，是燕山和喜马拉雅造山运动将其抬升为多级陆地，成为大巴山东延的余脉。据传神农架是华夏始祖、神农炎帝在此搭架采药、疗民疾矢的地方。他在此“架木为梯，以助攀援”，“架木为屋，以避风雨”，最后“架木为坛，跨鹤升天”。神农架人文历史久远，早在20多万年前，就有古人类在此活动，现传有野人出没。

② 珙桐是神农架一种稀有树种。珙桐为落叶乔木，花奇色美，是一千万年前留下的孑遗植物，第四纪冰川时期，大部分地区珙桐相继灭绝，只有在我国南方一些地区幸存下来，成为植物界今天的“活化石”。

③ 神农坛的杉树王有千年树龄。

清平乐　神农架[①]

雾山绕髻，风雨存神脊。古木参天花亦力，费解其中谜笔。

天播原始洪荒，野人传露云冈。不求酒楼清静，但愿古朴流芳。

【注】 ① 神农架位于湖北省西部边陲，是1970年经国务院批准建制，直属湖北省管辖，我国唯一以“林区”命名的行政区。神农架平均海拔1700米，最高峰神农顶海拔3105米，成为华中第一峰，神农架因此有“华中屋脊”之称。神农架夏无酷热、冬无严寒，气候宜人，且立体气候十分明显，“山脚盛夏山顶春，山麓艳秋山顶冰，赤橙黄绿看不够，春夏秋冬最难分”。神农架拥有当今世界北半球中纬度内陆地区唯一保存完好的亚热带森林生态系统，动植物区系成分丰富多彩，“野人”之谜具有令人神往的诱惑力。

神农架金丝猴[①]

丽质月生眸，
金披蝶绣裘。
群居攀树乐，
嘻耍最为悠。

【注】 ① 金丝猴，脊椎动物，仰鼻猴属，毛质柔软，为中国特有的珍贵动物，群栖高山密林中。中国金丝猴分川金丝猴、黔金丝猴、滇金丝猴和2012年新近发现的"怒江金丝猴"(暂定名)。均已被列为国家一级保护动物。此外还有越南金丝猴和缅甸金丝猴两种金丝猴。金丝猴的珍贵程度与大熊猫一样，同属"国宝级动物"，它们深居山林，结群生活，毛色艳丽，形态独特，动作优雅，性情温和，深受人们的喜爱。群居在神农架的金丝猴有四个家庭和一个全雄单元。

十堰酒语[1]

源头酒十壶，
醉洗沫生儒。
千岛湖中水，
丹江口[2]上餔。

【注】 ① 十堰市位于中国中央山地秦巴山区汉水谷地，湖北西北部，是鄂、豫、陕、渝毗邻地区唯一的区域性中心城市。十堰地名见于明朝志书，明《湖广通志·郧阳》：十堰在县（郧县）南，因溪作十堰以溉田。当地还流传着为陈世美昭雪的传说故事。

② 丹江口水库是亚洲第一大人工淡水湖，水域面积超过1000平方千米，碧波万顷，水质常年保持国家二类以上，可直接饮用。丹江大坝横锁汉江，清澈汉江水掉头向北去，自流三千里一路到京津。滔滔汉水从这里跨越千山万水，润泽京、津、冀、豫地区的亿万人民，是南水北调中线工程调水源头。丹江口还生产在杭州千岛湖注册的"农夫山泉"矿泉水。

宿桃花岭[1]有感

夷陵[2]形势漫天行，
怎见长江险峡[3]平？
车站恍然山半梦，
逢时兴邑月星明。

【注】 ① 桃花岭指宜昌桃花岭宾馆。

② 宜昌夷陵区古称夷陵。夷陵位于风景秀丽的长江西陵峡畔，长江中上游的分界处，属鄂西山区向江汉平原过渡地带。地扼渝鄂咽喉，上控巴夔，下引荆襄，“水至此而夷，山至此而陵”，故名为“夷陵”，素有“三峡门户”之称。夷陵区是宜昌市面积最大，人口最多的市辖行政区。

③ 西峡指西陵峡，它西起秭归县香溪口，东至南津关，历史上以其航道曲折、怪石林立、滩多水急、行舟惊险而闻名。

宿紫云阁[①]

云台漏宿雨潇潇，
列岫峰峦雾气缭。
晓鸟枝头声步细，
仙山霁沐果然娇。

【注】 ① 紫云阁位于武当山顶。

坛子岭[1]感赋

治江百年梦，
建坝千秋盛。
飞瀑坛子头，
三峡蛟龙静。

【注】 ① 长江三峡大坝是世界第一大水利发电工程，位于西陵峡中段的湖北省宜昌市境内的三斗坪。于1994年12月14日正式动工修建，2006年5月20日全线建成，投资千亿。坛子岭是参观大坝的最佳景点。

途经昭君村[1]

兴山春雨育芳妍，
北雁归飞却断年。
眼下分明贤媛石，
犹听塞外四弦鲜。

【注】 ① 昭君村位于今湖北省兴山县。

蓦山溪　大九湖湿地公园[①]

苍龙九会，争饮神酿醉。翠雾入平湖，黑水河、天坑分水。菀花开处，看不尽风光，蛮百卉。一树树，野果呈祥瑞。

高原草地，云海菁葭美。昔日点雄台，战鼓息，烽烟早散。朴纯荒古，日月祉精华，闲世外，称拔萃，汉江源头媚。

【注】　① 神农架大九湖又名九湖坪，位于渝鄂交界处，是亚高山的一片湿地，总面积 3 万亩，海拔 1730 米，园内有高原植物 141 科 366 属 964 种，其中有多种国家重点保护植物和国家珍贵树种。大九湖享有“高山平原”的美誉，并被称为湖北的“呼伦贝尔”、“神农江南”。大九湖四周高山环绕，最高峰 2800 米，形成一道天然屏障。在东西有九个大山梁，山梁间九条小溪犹如九条玉带从云雾中飘舞下来。大九湖由此得名。大九湖自然风光怡人，传说遗址众多，主要有：洗马池、薛仁贵后裔、薛刚反周的十字号、娘娘坟、卸甲套等遗址和古迹。

武当山[1]幸得

十度轮回半梦骞，
一擎托起六百年。
南修岁月东流水，
有约前缘在此间。

【注】 ① 武当山，又名太和山、谢罗山、参上山、仙室山，古有“太岳”、“玄岳”、“大岳”之称，位于湖北省西北部的十堰市丹江口境内，属大巴山东段。武当山背倚苍茫千里的神农架原始森林，面临碧波万顷的丹江口水库，是联合国公布的世界文化遗产地之一，中国国家重点风景名胜区，同时也是道教名山和武当拳的发源地，被誉为“亘古无双胜境，天下第一仙山”。武当山古建筑群规模宏大，气势雄伟，空中鸟瞰武当山太和宫就像一只龟。历代皇帝都把武当山道场作为皇室家庙来修建，据统计，唐至清代武当山共建庙宇 500 多处，庙房 2 万余间，明代达到鼎盛。我于 2012 年 9 月登山，巧逢 9 月 27 日南修武当 600 年大典，适吾虚度七十生日，真是三生有幸。

武汉访友[1]

秋风习习，
江怀殷殷。
千里荆楚，
义重情深。
万顷波碧，
一湖冰心。
高山流水，
老来知音。

【注】 ①应瑞斌好友邀请，2012年仲秋在鄂地考察，饱赏大好河山，领略荆楚文化，感受人间真情，留下难忘印象。

行香子　游东坡赤壁[①]

秋日风轻，催步揽胜。江天静、两赋高擎。大江东去，浓墨涛声。卷乱云急，愁云散，醉云生。

亭亭似画，字字如虹。映黄州、万里飞鸿。纵词豪气，旷世澎胸。见旧歌长，史歌舞，壁歌隆。

【注】 ① 东坡赤壁位于湖北省黄州城西，又名文赤壁。出黄州古城汉川门，北面一山陡峭如壁，因山石颜色赤红，故名“赤壁”。早在晋代至北宋初，这里就建起了横江馆、涵晕楼、栖霞楼、月波楼和竹楼等著名建筑。北宋元丰三年（1080 年）春，著名文学家苏轼（号东坡）因乌台诗案贬来黄州，常在此逸兴吟哦并写有流传千古的一词（《念奴娇·赤壁怀古》）两赋（前、后《赤壁赋》）和其他名篇佳作，后人因此将赤壁和苏东坡的名字联系在一起，名曰东坡赤壁。经考证，这一带还是三国赤壁大战之处所。现在的东坡赤壁，占地面积四百余亩，主要建筑有九亭、三楼、三阁、三堂、一像。

行吟阁[1]感怀

自古谗言覆厚坤，
楚天风雨忆犹新。
盈腔热血罗江水，
岁岁端阳祭傲魂。

【注】 ① 行吟阁位于湖北武汉市东湖西北岸听涛轩东侧小岛，1955 年兴建，取《楚辞·渔父》中屈原“行吟泽畔”之意命名。檐下悬郭沫若手书“行吟阁”匾额阁前竖有我国古代伟大诗人屈原的全身塑像。

② 屈原（约公元前 340 年—前 278 年）我国古代伟大的爱国诗人。战国时期楚国贵族出身，任三闾大夫、左徒，兼管内政外交大事。他主张对内举贤能，修明法度，对外力主联齐抗秦。后因遭贵族排挤被流放。公元前 278 年秦将白起攻破楚国首都郢都，忧国忧民的屈原在长沙附近汨罗江怀石自杀，端午节据说就是他的忌日。他写下许多不朽诗篇，成为我国古代浪漫主义诗歌的奠基者，在楚国民歌的基础上创造了新的诗歌体裁楚辞。主要作品有《离骚》、《九章》、《九歌》、《天问》等。

忆秦娥　访昭君故里[①]

萧萧月，香秋流水千秋乐。千秋乐，请行和泽，万重山岳。

草原慈母清风节，江陵儿女长歌阕。长歌阕，留芳塞外，雁翔晴雪。

【注】　① 昭君故里位于湖北省香溪上游兴山县城西 5.5 千米处的宝坪村，原名烟墩坪，又名王家湾。王昭君，名嫱，晋时因避司马昭讳改称明君或明妃。汉元帝时被选入宫，竟宁元年（公元前 33 年）匈奴呼韩邪单于入朝求和亲，昭君自愿请行，出嫁匈奴，为民族间的亲善和好作出了贡献。王昭君是西汉时秭归县人，古秭归今被分为秭归县和兴山县。宝坪村是一个山明水秀的好地方，唐杜甫诗“群山万壑赴荆门，生长明妃尚有村”即指此地。村内有楠木井，娘娘井，梳妆台，望月楼等遗迹；1979 年以来国家拨款对遗迹进行了维修，重建了昭君宅，新建昭君纪念馆、长廊碑林、汉白玉昭君塑像等，环境幽雅，极富诗情画意。

游天生桥[1]

天生天养采芦桥，
万缕帘丝百丈绦。
兰草幽香藏淡味，
清溪苔蔓水妖娆。

【注】 ① 天生桥位于神农架老君山下，是一个集奇洞、奇桥、奇瀑为一体的休闲健身、探险览胜的生态旅游区。天生桥海拔1800米，总面积20平方千米。天生桥飞瀑自峭壁倾盆而下，似银河泻地，玉珠飞溅，展出万种风情；天潭地潭，清澈见底，潭中奇石千姿百态，结伴成群的鱼儿自由穿梭，令人心旷神怡。天生桥山岩叠嶂，长满野花绿树，因遍生兰草，幽香四溢，亦起名为兰花山。由于神农架属亚热带季风气候，兰草多以荟兰、春兰居多，花色淡雅，清香扑鼻，具有极高的观赏价值。

雨中金顶[①]

秋来祥桂露，
雨点赏琼宫。
翠柏狂迷雾，
金瓯映漏空。
岩风藏玉宇，
云海隐葱龙。
天柱城池堑，
奇擎万里穹。

【注】 ① 武当山金顶位于武当山主峰天柱峰顶上，是武当山的精华和象征，也是武当道教在皇室扶持下走向鼎盛高峰的标志。金顶景区包括中观、黄龙洞、朝天宫、古神道上的一天门、二天门、三天门和太和宫的金殿、皇经堂、紫金城、朝拜殿，以及元代古铜殿等古代建筑。每年夏季雷雨季节，武当山就会出现雷击金殿的奇观。而金殿历经600年雷电炼击，至今仍金光灿灿。

诸葛亮故居[1]寄远

三分高策出隆中，
天下无人不识公。
借得东风能化雨，
赢来蜀汉可称雄。
昔时茅顾传佳话，
今日崇贤炫碧丛。
扇若风开隆事结，
入怀明月映茶盅。

【注】 ① 诸葛亮故居古隆中位于湖北省襄阳市以西的西山环拱之中。据《舆地志》记载："隆中者，空中也。行其上空空然有声。"隆中因此而名之。隆中诸葛亮故居是诸葛亮的重要纪念地之一，著名的刘备三顾茅庐的史事和兴汉蓝图"隆中对策"都发生在这里。

陇原风情

桂抄絕倫萬年文
明傳世寶歎觀
藏珍當日生聲
廉早

贊黃尚廉 壬辰秋
蔣志華詩并書

敦煌忆[1]

鸣山飞沙腾巨浪，
月牙泉畔龙井尝。
古乐清韵飞天舞，
长长留忆在敦煌。

【注】 ① 敦煌位于甘肃省，中国的国家历史文化名城，在古代中国通往西域、中亚和欧洲的交通要道——丝绸之路上，曾经拥有繁荣的商贸活动，是世界遗产莫高窟和汉长城边陲玉门关、阳关的所在地。在这个靠近沙漠戈壁的天然小盆地中，党河雪水滋润着肥田沃土，绿树浓荫挡住了黑风黄沙，瓜果四季飘香，沙漠奇观神秘莫测，戈壁幻海光怪陆离，文化遗存举世闻名。

风雨嘉峪关[1]

云压千层欲拔楼，
雷惊万里雹飞流。
雄关水困难为我，
威武犹如劲弩秋。

【注】 ① 2012年6月6日下午登上甘肃嘉峪关，忽乌云密布，雷鸣电闪，风雨交加，冰雹如珠，顷时城门积水高达20厘米，难以进出，煞是一番雄壮景象。

过玉门关[①]

春风得意玉门关，
新郭油城一锦帆。
羌笛才吹杨柳曲，
客心已动塞边山。

【注】 ① 玉门关，始置于汉武帝开通西域道路、设置河西四郡之时，因西域输入玉石时取道于此而得名。玉门关曾是汉代时期重要的军事关隘和丝路交通要道。唐代诗人王之涣《凉州词》“黄河远上白云间，一片孤城万仞山。羌笛何须怨杨柳，春风不度玉门关。”广为流传。

黄河第一桥[①]

东去水遥遥，
兰州不夜锚。
几经风雨急，
第一老钢桥。

【注】 ①“千古黄河第一桥”位于甘肃省兰州市白塔山下的黄河上，距兰州古城西北1千米，是一座贝雷式钢桁架桥，这是古老黄河上的第一座公路桥，也是仅迟于上海外白渡桥的全国第二座城市钢桥。

酒泉随笔[①]

葡萄美酒月杯工，
绿荫随流五彩中。
莫道风沙荒漠急，
壁戈滩上水淙淙。

【注】 ① 酒泉市位于甘肃省西北部河西走廊西端的阿尔金山、祁连山与马鬃山（北山）之间，是古丝绸之路黄金地段的一颗璀璨明珠，有丰富的地下水。世界上独一无二的、历史悠久的传统工艺品——夜光杯，产于酒泉，驰名中外。这是一种用玉琢成的名贵饮酒器皿，至少在唐代就已有之，2006 年 5 月 20 日，该遗产经国务院批准列入第一批国家级非物质文化遗产名录。唐著名诗人王翰的《凉州词》“葡萄美酒夜光杯，欲饮琵琶马上催。醉卧沙场君莫笑，古来征战几人回。”千百年来，一直为人们传诵。

酒泉卫星发射中心又称“东风航天城”，是中国科学卫星、技术试验卫星和运载火箭的发射试验基地之一，也是中国目前唯一的载人航天发射场。

丽园晨光[①]

夜雨迎宾院换妆，
嫩梨润露炫晶光。
庭前醒梦莺啼枣，
静丽悠然好地方。

【注】 ① 丽园指坐落于著名的丝绸之路重镇——敦煌市的丽园宾馆，宾馆四周二百多棵梨、苹果、杏、枣树围绕、绿叶成荫，全部建筑掩映在绿色丛中。

丽园之夜

夕辉如画泻东墙，
梨树桠斜美酒香。
餐桌四方邀远客，
爆竿一点上全羊。
轻歌曼舞廊花静，
笑语欢声院草踉。
今夜丽园疑似梦，
半酣半醒入仙乡。

临江仙 嘉峪关[①]

巍势长城廊柱耸，气书天下雄关。祁连冰雪素相搀。风霜天地路，日月彩云帆。

古代战征多少梦，风沙无数尘烟。如今戈壁展新颜。清泉蜂蝶舞，塞上换人间。

【注】 ① 嘉峪关位于甘肃嘉峪关市西隅祁连山脉嘉峪山，是明长城西端的第一重关，也是“丝绸之路”重要关卡，是明代万里长城西端起点。嘉峪关始建于明洪武五年(1372 年)，先后经过 168 年时间的修建，成为万里长城沿线建造规模最为壮观、保存程度最为完好的一座古代军事城堡。嘉峪关以地势险要，巍峨壮观著称于世，与万里之外的山海关遥相呼应，闻名天下。

麦积山石窟写照[1]

孤峰突起如麦垛，
悬崖峭壁佛像坐。
万龛千窟疑神功，
泥塑彩妆烟雾锁。

【注】 ① 麦积山石窟为中国四大石窟之一，位于甘肃省天水市东南，是闻名世界的艺术宝库。麦积山石质皆为紫褐色之水成岩，其山势陡然起独峰，海拔1742米，现存佛教窟龛194个，泥塑石雕、石胎泥塑7200百余身，壁画1300余平方米，全部窟龛开凿在山崖峭壁之上，分布于东、西两崖。由于麦积山山体为第三纪沙砾岩，石质结构松散，不易精雕细镂，故以精美的泥塑著称于世，绝大部分泥塑彩妆，被誉为“东方雕塑陈列馆”。它的开凿年代约始于后秦，现存造像中以北朝原作居多。

鸣沙山[①]

碧空九九险峰流，
沙韵悠悠唱未休。
天赐漠山神走笔，
嫦娥亦恋月牙洲[②]。

【注】 ① 这里所指为敦煌鸣沙山。由于当地各种气候和地理因素的影响，造成以石英为主的细沙粒，因风吹震动，沙滑落或相互运动，众多沙粒在气流中旋转，造成“空竹”效应发生嗡嗡响声，又沙丘堆成山状，故称鸣沙山。

② 月牙泉，古称沙井，俗名药泉，得名“月泉晓澈”。月牙泉南北长近100米，东西宽约25米，泉水东深西浅，最深处约5米，弯曲如新月，因而得名，有“沙漠第一泉”之称。

清平乐　戈壁绿洲[①]

碧如翡翠，泉漫清心醉。祁连雪情培百卉，一片菜花金蕊。

旧时戈壁沙滩，如今流水潺潺。怎说大漠无潋？且看秀丽东澜。

【注】　① 戈壁绿洲指嘉峪关市，城里的水源来自祁连山断层。嘉峪关南市区有东湖生态景区，湖面面积56万平方米，库容315万立方米，绿化总面积90万平方米，是嘉峪关市城建史上规模最大的生态建设工程，景区以人为本、以水为脉、以绿为基，形成了“三池水，一片绿”的特色江南风光。

题阳关[1]

旧时丝路岁流遥，
追古谈遗客似潮。
不唱琵琶离别曲，
关西互送桂花糕[2]。

【注】 ① 阳关是中国古代陆路对外交通咽喉之地，是丝绸之路南路必经的关隘。位于甘肃省敦煌市西南的古董滩附近。西汉置关，因在玉门关之南，故名，和玉门关同为当时对西域交通的门户。唐代大诗人王维的“渭城朝雨浥轻尘，客舍青青柳色新。劝君更尽一杯酒，西出阳关无故人”一首杰作，经配曲吟唱，古今闻名。

② 重阳糕又称桂花糕。是年去阳关巧遇重阳节，十分热闹。

游桃花庄[1]

流芳仁寿地，
陇里小江南。
四合香飘醉，
灯笼鸟赏闲。

【注】 ① 桃花庄地处兰州市安宁仁寿山公园，是兰州市主要的旅游景点，有仿古四合院、农家乐、古城堡、老子广场、仿古建筑风格一条街等。

赞莫高窟[1]

精妙绝伦笔，
文明传世宝。
夜静藏珍宫，
日出惊窟早。

【注】 ① 莫高窟俗称千佛洞，坐落在河西走廊西端的敦煌。它以精美的壁画和塑像闻名于世，被誉为20世纪最有价值的文化发现。莫高窟始建于十六国的前秦时期，历经十六国、北朝、隋、唐、五代、西夏、元等历代的兴建，形成巨大的规模，现有洞窟735个，壁画4.5万平方米、泥质彩塑2415尊，是世界上现存规模最大、内容最丰富的佛教艺术圣地。1987年，作为世界文化遗产被列入《世界文化遗产名录》。

再访莫高窟

莫道戈壁洞天小，
千幅万尊尽神妙。
四月初八[1]岁月长，
多少故事话人晓。

【注】 ① 农历四月初八是释迦牟尼的生日。

天　水[1]

陇上江南地，
阴阳八卦山。
神州长月笔，
华夏远天笺。
古柏穹苍越，
新歌旋鼓淹。
启明[2]公祭日，
四海袅青烟。

【注】 ① 天水市是甘肃省第二大城市，位于甘肃东南部，自古是丝绸之路必经之地。全市横跨长江、黄河两大流域，新欧亚大陆桥横贯全境。境内四季分明，气候宜人，物产丰富，素有“陇上江南”之美称。天水是华夏文明和中华民族的重要发源地，享有羲皇故里、轩辕故里的荣誉。羲皇始创八卦，天水被誉为“易学之都”。当地伏羲文化、轩辕文化、大地湾文化、先秦文化、三国文化、石窟文化、易学等博大精深，有华夏第一县的

美誉。天水八千年的历史文化谱写了中华文明的序曲，古城天水又被誉为“历史古都”，全球华人祭祖圣地。每年农历5月13日举办公祭伏羲典礼，纪念人文始祖伏羲氏。

② 农历五月，旧时又称启明。

潇湘漱玉

湘江赏月[①]

一水载金波，
千船不尽多。
峥嵘多少事，
岁月已成歌。

【注】 ① 湘水即湘江。是湖南省最大河流，湖南人民的母亲河，为长江主要支流之一。湘江发源于湖南省永州市海拔近2000米的九嶷山脚蓝山县野狗山麓，上游称潇水，零陵以北开始称湘江，向东流经永州、衡阳、株洲、湘潭、长沙，至湘阴县入洞庭湖后归长江。全长844公里，流域面积94660平方千米。上游水急滩多，中下游水量丰富，水流平稳。干支流大部可通航，旧时是两湖与两广的重要交通运输线路。“西南云气来衡岳，日夜江声下洞庭”，湘江风光如画，十里长岛，浮于江心；凌波长桥，横贯东西。橘子洲久负盛名。

采桑子　清明祭

——毛主席逝世三十周年

巨星三十年前陨,风咽年轮,江怒民根,家国飘摇愁转坤。

开来继往延青史,改革奔云,开放腾新,告慰神州展宇鲲。

记得当年清水塘①

学唱名吟水曲塘，
欲开嗓路泪先尝。
生离句句牵肠话，
死别声声日月光。
洒血只当清梦影，
赠言可作晓天窗。
海枯石烂忠魂在，
留给人间百草芳。

【注】 ①“记得当年清水塘”是越剧《忠魂曲》的名段，脍炙人口，感人肺腑，催人泪下。《忠魂曲》谱写的是1927年大革命失败后，杨开慧（号霞，字云锦，1901年出生于湖南省长沙县板仓乡。毛泽东妻子）遵照毛泽东指示，带领儿子岸英与保姆孙嫂留居东乡板仓，坚持地下斗争，因被密探发现一起被捕，在敌人酷刑面前坚贞不屈，不幸牺牲的感人史篇。1922年10月24日，毛岸英出生于长沙小吴门外的清水塘。

柳梢青 岳阳楼[1]怀古

百尺云观。巍骑洞滃，气拔广渊。城锁归舟，秋云入色，吴楚风帆。

领驰九水君山。唱天下、忧川乐湾。鼓角雄关，名贤古砚，冰净毫端。

【注】 ① 岳阳楼位于湖南省岳阳市西门城头，洞庭湖畔，自古有“洞庭天下水，岳阳天下楼”之誉，北宋范仲淹脍炙人口的《岳阳楼记》更使岳阳楼著称于世。现在的岳阳楼为1984年重修。

浏阳河[1]

九曲弯弯彩挂河，
穿林涉涧韵声多。
稻香两岸真情溢，
流出千年不息歌。

【注】 ① 浏阳河位于湖南省东部，是湘江的一级支流，发源于罗霄山脉的大围山北麓，全长222千米，流经浏阳市、长沙市，最后注入湘江。浏阳河又名浏渭河，原名浏水。因县邑河位其北，“山之南，水之北，谓之阳”，故称浏阳，浏水又因浏阳城而名浏阳河。浏阳河十曲九弯，清波荡漾。两岸青山翠枝，紫霞丹花，稻香四溢，水绿鱼肥。河道中所产菊花石为世界一绝。一条名河，一位伟人，一首名歌，使浏阳河名扬天下。

卜算子 登衡山①

已暮去南山，何处南山路？今日随缘得见君，相面鸿融崮。

此愿已心从，此景过还慕。常梦南山不老松，相伴殷殷步。

【注】 ① 衡山，又名南岳，是我国五岳之一，位于湖南省衡阳市南岳区，海拔1300米。衡山处处茂林修竹，终年翠绿；奇花异草，四时飘香，景色秀丽，因而有“南岳独秀”的美称。

爱晚亭[①]有拾

八柱重檐麓水长，
蛇龙走笔点湘江。
重阳小憩犹来梦，
借有霜风叶更香。

【注】 ① 爱晚亭，位于湖南省岳麓山下清风峡中，始建于1792年，原名红叶亭，后有人根据杜牧《山行》“远上寒山石径斜，白云生处有人家。停车坐爱枫林晚，霜叶红于二月花。”的诗句改为爱晚亭。它与安徽滁州的醉翁亭（1046年建）、杭州西湖的湖心亭（1552年建）、北京陶然亭公园的陶然亭（1695年建）并称中国四大名亭，是革命活动胜地。毛泽东青年时代，在第一师范求学，常与罗学瓒、张昆弟等人一起到岳麓书院，与蔡和森聚会爱晚亭下，纵谈时局，探求真理。

亭额“爱晚亭”，是由当时的湖南大学校长李达专函请毛泽东所书手迹而制。亭内立碑上刻毛泽东手书《沁园春·长沙》诗句，笔走龙蛇，雄浑自如，更使古亭流光溢彩。

西江月 湘江月寄[1]

风树情根湘水,芙蓉闲伴沙星。满楼灯火不眠城,曼舞轻歌月影。

忘却客身何夕,只信玉洁壶清。世间果有缆心亭,今晚苍穹悬镜。

【注】 ① 秋月于长沙。

韶山寄怀[①]

故地岁河道，
人潮润屋流。
恭擎花一束，
思念梦三秋。
日月共星宇，
光芒照海州。
长歌宏伟业，
深解乐和忧。

【注】 ① 2007 年秋，我偕夫人到湖南韶山瞻仰毛泽东故居。毛泽东同志故居位于湖南省韶山市韶山乡韶山村土地冲上屋场，系土木结构的“凹”字形建筑，坐南偏东，东边是毛泽东家，西边是邻居，中间堂屋两家共用。故居建于中华民国初年，1929 年被国民党政府没收，遭到破坏，1950 年按原貌修复。现门额之“毛泽东同志故居”匾系邓小平同志于 1983 年 6 月 27 日所题。故居陈列物品中有许多是原物，故居前有一荷花塘。

1893年12月26日毛泽东诞生于此，在这里生活了17年。1910年秋，毛泽东胸怀救国救民大志外出求学。1912年春，毛泽东回到这里教育亲人投身革命。1925年和1927年毛泽东回乡领导过农民运动，在这里召开过各种小型的会议，建立了中共韶山支部。1959年6月，毛泽东回乡视察时曾来到这里。

潇湘神　苏仙岭[1]

山炫名，山炫名，步云揭帖雾烟轻。隐寺锁空南翠嶂，松风藏福果然清。

【注】　① 苏仙岭位于郴州，是湖南省首批公布的省级风景名胜区之一。主峰海拔526米，自古享有“天下第十八福地”、“湘南胜地”的美称。苏仙岭因苏仙神奇、美丽的传说而闻名海内外，岭上有白鹿洞、升仙石、望母松等“仙”迹，自然山水风光久负盛名。由秦少游作词、苏东坡作跋、米芾书写的《踏莎行·郴州旅舍》被刻在苏仙岭的岩壁上，史称“三绝碑”。陶铸1965年来郴州视察，写下了《新踏莎行》。西安事变后，张学良将军曾幽禁于此，写下了“恨天低，大鹏有翅愁难展”的名句。

橘子洲头[1]

江天暮雪台，
明月小蓬莱。
丹橘枝头姹，
渔舟晓色开。

【注】 ① 橘子洲头又名水陆洲，位于湖南省长沙市岳麓区境内，是湘江的一个江心小岛，形成于晋惠帝永兴二年(305 年)，距今已有 1600 多年的历史。橘子洲头全长 5 公里，宽 40 至 200 米，它宛如一根长带，一帧展示风情的画，飘浮在湘江上。远在唐代，这里就盛产南橘，远销江汉等地。杜甫曾为此写下了“桃源人家易制度，橘洲田土仍膏腴”的诗句。游客登洲，听渔舟唱晚，观麓山红枫，看天心飞阁，赏满树橘红，吟先贤辞赋，其乐融融。水陆寺中的“拱极楼中，五六月间无暑气；潇湘江上，二三更里有渔歌”的名联至今仍脍炙人口。毛泽东对橘洲情有独钟，青年时代就读于湖南第一师范时，常会同学友到洲头搏浪击水，议论国事。1925 年，

他挥就脍炙人口的诗篇《沁园春·长沙》，抒发了济世救民的豪情壮志。

沁园春·长沙(1925年)

独立寒秋，湘江北去，橘子洲头。看万山红遍，层林尽染；漫江碧透，百舸争流。鹰击长空，鱼翔浅底，万类霜天竞自由。怅寥廓，问苍茫大地，谁主沉浮？携来百侣曾游，忆往昔，峥嵘岁月稠。恰同学少年，风华正茂；书生意气，挥斥方遒。指点江山，激扬文字，粪土当年万户侯。曾记否，到中流击水，浪遏飞舟。

忆余杭 长沙访友

香桂传音,湘水怀情共对月,江堤晚唱品渔歌,情义载星河。

早成胸竹专湖笔。远任岂来浪风急！日披蓑甲亦如梭,忽见绿茵多。

忆江南 雨游张家界[1]

奇峰雾，更幻梦猜图。十里卷开谁出手？天桥千丈翠岚浮，岩顶傲霜株。

【注】 ① 张家界位于湖南西北部，澧水中上游，属武陵山脉腹地，1982 年 9 月成为中国第一个国家森林公园，1992 年由张家界国家森林公园、索溪峪风景区、天子山风景区三大景区构成的武陵源自然风景区被联合国教科文组织列入《世界自然遗产名录》。2004 年，被联合国教科文组织列入《世界地质公园名录》。地质公园包容了砂石山峰林、方山台寨、天桥石门、障谷沟壑、岩溶峡谷、岩溶洞穴、泉水瀑布、溪流湖泊和沉积、构造、地层剖面、古生物化石等丰富多彩的地质遗迹。其千姿百态、变幻莫测的地貌景观，几乎没被扰动的原始自然状态的生态环境与生态系统，令世人惊叹不已。

渔家傲　夜游凤凰古城[①]

沱畔华灯清漫涤，扁舟过处朝朝丽。吊脚悬楼[②]酬思意。乘虹骑，万千风景收睛底。

十里城墙雄鼓起，万家商铺门无闭。小曲悠悠乡里戏。迷人忆，凤凰展翅翔天霁。

【注】　① 凤凰古城位于湘西自治州西南边，“西托云贵，东控辰沅，北制川鄂，南扼桂边”，是一个以苗族、土家族为主的少数民族聚集县，中国历史文化名城，曾被新西兰著名作家路易·艾黎称赞为中国最美丽的小城。古城建于清康熙年间，这颗“湘西明珠”有一山酷似展翅而飞的凤凰，古城因此而得名。

② 吊脚楼，也叫“吊楼”，为苗族（贵州等）、壮族、布依族、侗族、水族、土家族等族传统民居，在湘西地区特别多。

古都风采

生查子　长安古乐[①]

行坐越千年，歌舞京城乐。流落在民间，一镜昭昭月。

律调谱蓝田，笙笛悠山岳。古曲奏人间，遗韵天宫阙。

【注】 ① 长安古乐起源于长安，又称为“西安鼓乐”、“西安古乐”或“长安鼓乐”。它流传于中国陕西境内以古长安为中心的关中平原一带，自唐朝至今已逾1300年。唐“安史之乱”中，大量的宫廷乐人流落民间，将宫廷音乐带入了长安的民间里巷，古乐随即在民间传承发展，流传在西安和近郊区蓝田等县区，形成了一套比较完整的古乐曲演奏体系。长安古乐有文字记载、有乐谱相传的曲目约有1000余首，是现存世界最古老、规模最大、系统最全，律、调、谱、系、曲最完善的古老民间乐种。它的演奏形式分为行乐和坐乐两大类，行乐是行走时演奏的乐曲，坐乐为坐着演奏的套曲曲牌，乐器有笛、笙、管、鼓、锣、铙、大钗、小钗、木鱼、大小梆子、水铃等20余种。长安古乐享有“世界音乐活化石”的声誉。

夜登西安城墙

欲酣西凤[1]鼓声催，
古乐邀宾笛管追。
钟月楼光盛世美，
城墙灯火伴春雷。

【注】 ① 西凤指陕西产的中国名酒西凤酒。

参观秦俑博物馆[①]

深睡两千年，
春来重见天。
奇观兵马俑，
秦梦地宫烟。

【注】 ① 秦始皇兵马俑博物馆坐落在距西安临潼区东，南倚骊山，北临渭水，是全国重点的文物保护单位。秦兵马俑坑发现于1974年，位于秦始皇帝陵以东1.5千米处。1975年国家决定在俑坑原址上建立博物馆，1979年9月底，一号俑坑遗址的展览大厅及部分辅助性建筑竣工落成，同年10月1日遗址开始向国内外参观者展出。

雁塔题刻[1]

飞雁鸣罗刹，
云浮七级空。
攀梯题路远，
盘叠百花荣。
风雅多多事，
流霞历历工。
刻碑留净地，
不负岁淙淙。

【注】 ① 西安市的大雁塔是唐朝佛教建筑艺术杰作，在塔内可俯视西安古城。大雁塔在唐代就是文人墨客荟萃之地，举子及第后均登塔题名，塔的前边留有唐代至清代千余年间大量文人雅士的题名刻石。历代文人还常登塔题咏，留下了许多题咏雁塔的名篇。

观实景舞剧《长恨歌》[1]

九龙湖[2]上泪酸多，
悱恻缠绵梦断河。
都说人间思恋苦，
骊山夜夜唱长歌。

【注】 ① 实景舞剧《长恨歌》是根据唐代伟大诗人白居易以唐明皇与杨贵妃的爱情故事为题材所写的长诗《长恨歌》改编而成的实景演出。演出地点在盛唐时期骊山脚下的华清宫。舞剧以“两情相悦”、“恃宠而骄”、“生离死别”、“仙境重逢”等四个层次十幕情景，重现了这段荡气回肠、动人心魄的爱情诗篇。

② 九龙湖指华清池中的九龙湖。

登大雁塔[①]

取经八八九重难，
万卷藏身塔气岚。
盛世大唐春不老，
浮屠七级拔长安。

【注】 ① 大雁塔又名大慈恩寺塔，位于西安市南郊，始建于唐代永徽三年(652年)，是为安置玄奘由印度带回的经籍而专门建造的，塔身为七层，高64.5米，是古都西安的象征。唐代诗人岑参曾在诗中赞道："塔势如涌出，孤高耸天宫。登临出世界，磴道盘虚空。突兀压神州，峥嵘如鬼工。四角碍白日，七层摩苍穹……"2012年6月于陕西大慈恩寺玄奘三藏院。

华清池所拾[1]

羽姹霓裳舞媚娑，
李杨情爱韵闻多。
风潇尘雾心魂锁，
死别生离马嵬坡。
美酒一壶倾世醉，
传奇千古恨长歌。
若还李白诗兴在，
请会蓬莱把墨磨。

【注】 ① 杨贵妃即杨玉环（719 年—756 年），字太真，原籍蒲州永乐（今山西永济），生于蜀州（今四川崇州）。17 岁被册为寿王妃，27 岁被李隆基册为贵妃，38 岁随李隆基流亡蜀中，途经马嵬驿被缢死。杨贵妃天生丽质，回眸一笑百媚生，六宫粉黛无颜色，堪称大唐第一美女，与西施、昭君、貂蝉并称中国四大美女。

城墙夕照[①]

千道流霞洒古墙，
四门兵勇旧时枪。
半竿残日车程短，
但见中华史卷长。

【注】 ① 是日，夕阳西洒西安城墙，我在墙顶上驱车绕城墙一周，有感而发。西安城墙位于西安市中心区，呈长方形，总周长11.9千米。现存城墙是明洪武七年（1374年）在唐皇城的基础上建成的，至今有600多年历史，城墙的厚度大于高度，稳固如山，是中国现存最完整的一座古代城垣建筑。

蔡文姬纪念馆[1]书怀

六岁听琴隔壁清，
四弦分韵漫天惊。
笳寒一曲高山水，
辞达三千炎夏情。
坎坷人生怨战乱，
长风悲咏载盛平。
当提孟德[2]崇才切，
晓给人间不谢名。

【注】 ① 蔡文姬纪念馆坐落在西安市。
② 曹操，字孟德。

法门寺有感[1]

夏荷新绿蕊风清，
古寺宫[2]深地有灵。
一席素斋根六净[3]，
菩提树下悟人生。

【注】 ① 法门寺位于陕西省宝鸡市扶风县法门镇。据传始建于东汉明帝十一年，周魏以前也称“阿育王寺”，唐初改名“法门寺”，被誉为“皇家寺庙”，因安置释迦牟尼佛指骨舍利而成为举国仰望的佛教圣地。

② 法门寺地宫，是世界上迄今为止发现的年代最久远、规模最大、等级最高的佛塔地宫，是保全安奉佛指舍利之所在。

③ 六根又作六情。指六种感觉器官，或认识能力即眼、耳、鼻、舌、身、意。眼是视根，耳是听根，鼻是嗅根，舌是味根，身是触根，意是念虑之根。

朝中措　华山[1]

莲花带露削河开，奇突拔云台。峰展仞天岁月，岩流风绿霜皑。

一山一石，崖悬论剑，天际神来。古唱劈山韵曲，今歌征险壮怀。

【注】　① 华山又称西岳，是我国五岳之一，海拔2155米，位于陕西省渭南市的华阴市境内，北临黄河，南依秦岭。华山是花岗岩断块山，现在的华山有东、西、南、北、中五峰，主峰有南峰“落雁”、东峰“朝阳”、西峰“莲花”，三峰鼎峙，“势飞白云外，影倒黄河里”，虎踞龙盘，气象森森，地势险要，故称“五岳之险”。

潼关怀旧[①]

风陵晓渡走岚山，
岩陡崖深峡路难。
汹浪羊肠啼鸟绝，
河潼鞭索铁蹄还。
虎踞岭省车轮挤，
龙扼坤州守吏闲。
天堑如今通热道，
沧桑抚摸忆雄关。

【注】 ① 潼关位于关中平原东部，地处黄河渡口，居晋、陕、豫三省要冲，形势非常险要，扼长安至洛阳驿道，是进出三秦之锁钥，是汉末以来东入中原和西出关中、西域的必经之地及关防要隘。素有“畿内首险”、“四镇咽喉”、“百二重关”之誉。古潼关居中华十大名关第二位，历史文化源远流长。潼关以水得名，因潼浪汹汹，故称潼关，又名冲关。

我看无字碑[1]

指点江山九五位，
雄才治国胜须眉。
是非功过谁评说，
万古流芳可阅碑。

【注】 ① 武则天(624 年—705 年)是中国历史上唯一一个正统的女皇帝，也是继位年龄最大的皇帝(67 岁即位)，又是寿命最长的皇帝之一(终年 82 岁)。690 年自立为武周皇帝，改国号“唐”为“周”，定都洛阳，705 年退位。武则天是一位女诗人和政治家。无字碑位于乾陵(今陕西乾县)，奇崛瑰丽，巍峨壮观。墓前有两块碑，一块是唐高宗的墓碑，上有武则天的题词，另一块是武则天的无字墓碑。

再读无字碑[①]

吒咤风云一抹晖，
长歌九鼎立身巍。
梁山虽说碑无字，
却胜庸瘫有字辈。

【注】 ① 武则天的无字碑留下了许多猜想，流传着不少解读。2012年6月12日再登乾陵司马道有感而作。

钱塘春秋

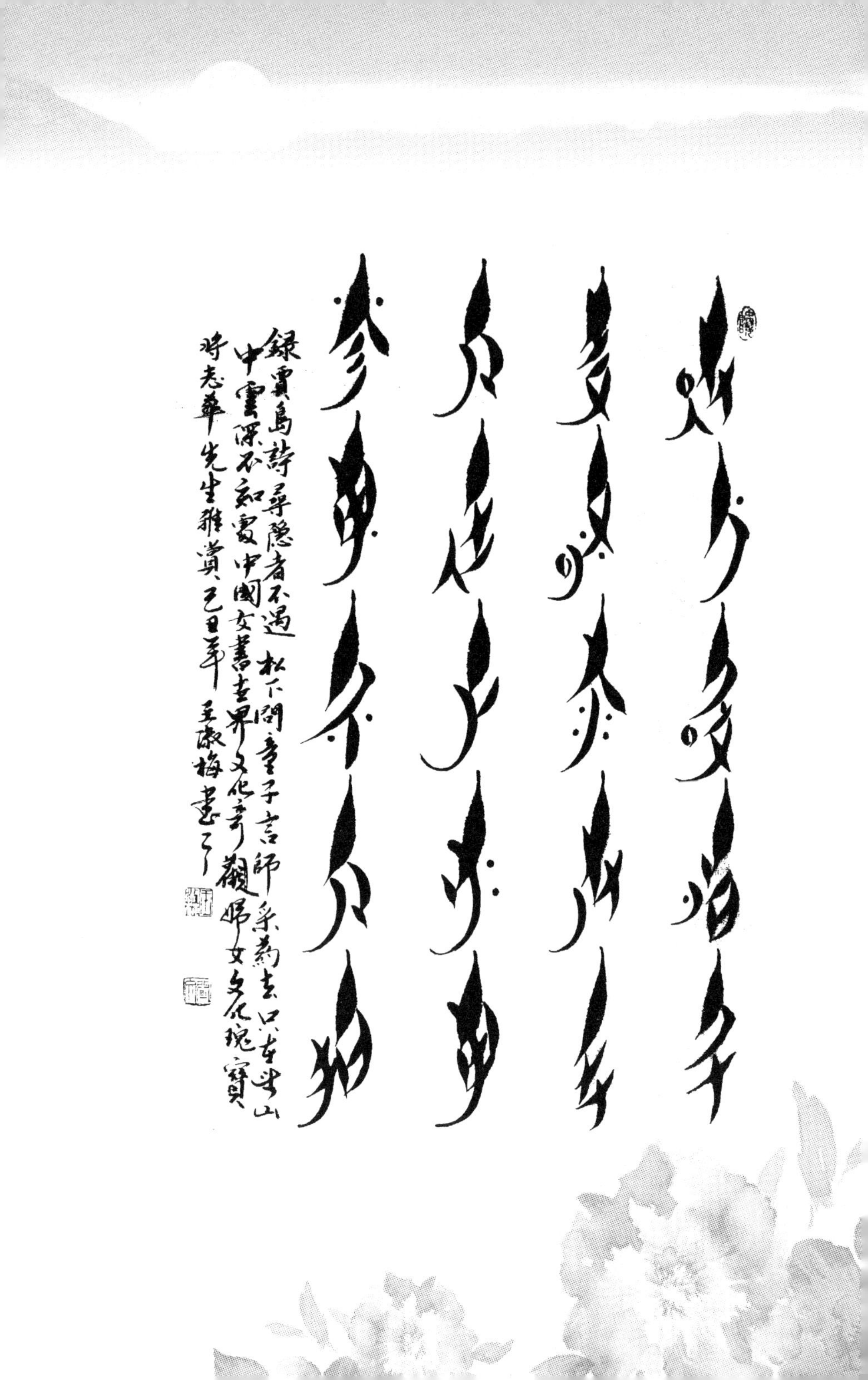

録賈島詩尋隱者不遇 松下問童子 言師采藥去 只在此山中 雲深不知處

中國女書世界文化奇觀 婦女文化瑰寶

蔣志華先生雅賞 己丑年 王淑梅書

八声甘州　钱塘观潮[①]

任劲风万里搅州湾，千丈啸天潮。看涛冲江上，雪喷津岸，云水滔滔。一线神兵摆阵，军马尽矜骄。却有回头老，难解其招。

雷鸣排山倒海，正中秋圆月，乐震重霄。问奇观行迹，几度笑游遨？约来年、桂香韶早，请潮公、中气足潇箫。容呼酒、擂三通鼓，助力惊飙。

【注】　① 钱塘江大潮是杭州湾喇叭口的特殊地形所造成的特大涌潮。每年农历八月十八，钱江涌潮最大，潮头可达数米。海潮来时，声如雷鸣，排山倒海，犹如万马奔腾，蔚为壮观。观潮始于汉魏，盛于唐宋，历经两千余年，已成为当地的习俗。在中秋佳节前后，八方宾客蜂拥而至，争睹钱江潮的奇观，盛况空前。

过七里泷至钓台[①]

扬帆七里驾清波，
小峡葱山挂满歌。
滩上子陵[②]风骨在，
但愁今日已无多。

【注】 ① 七里泷位于浙江富春江，旧时因滩多流急，船溯江而上需借东风而行，有谚曰："有风七里，无风七十里"，东风一起，千帆竞发，就有了七里扬帆的胜景。富春江水电站建成后，急流险滩已化为平湖，但富春山水诗词文化、水文化以及与之一脉相承的船文化、茶文化和渔家风情特色，恢复了昔日富春江上帆影绰绰、渔歌互答的风貌。

② 严子陵钓台位于富春江小三峡子陵峡段，富春江麓濒江处。两峰对峙，称东、西台。相传东台为严光隐居垂钓处，西台为南宋爱国志士谢翱痛哭文天祥处。

白沙奇雾[①]

日暮江风雨，
寒花渌上开。
飘然游梦境，
疑是九重台。

【注】 ① 白沙奇雾，是新安江水电站建成后新形成的景观。电站百米高的坝底流出的江水，常年水温保持在 14～17℃左右，冬暖夏凉，不仅调节沿江下游 20 千米范围内的气候，还在大坝下游 4 千米的白沙城水面上织起飘忽莫测的江雾，似临瑶池仙境，尤其夏季更为诱人。

九姓渔民婚礼[1]见闻

移家碧水采鱼薪，
飘泊寒江不染尘。
战火纷飞融九姓，
渔舟爆竹衍联姻。

【注】 ① 相传明初陈友谅及其部将的后代，因与朱元璋争天下惨败，有陈、钱、林、袁、孙、叶、许、李、何九姓人家被贬入新安江水上生活，不得上岸居住，不准读书应试，不得与岸上人通婚，于是就有了九姓渔民水上婚礼的特有风俗。

蝶恋花　情系千岛水[①]

一碧湖波天下晓。水洁流深，千岛轻轻漂。风雨梳年情不老，播春更寄瑶池好。

几度春秋几梦绕。不负当初，依旧风姿俏。众护源头休发藻，和谐生态亲民调。

【注】　① 千岛湖，位于浙江省淳安县境内，是1959年我国建造的第一座自行设计、自制设备的大型水力发电站——新安江水力发电站而拦坝蓄水形成的人工湖，是国家一级水体。千岛湖面积573平方千米，因湖内拥有星罗棋布的1078个岛屿而得名。为保持人间一潭好水，我曾多次调研呼吁，情系梦怀。

参观新安江水电站感赋[1]

新安天上走，
自古尽湍滩。
坝落铜官峡，
湖平百丈山。
悠悠千岛出，
朗朗水轮喧。
碧水听人唤，
流芳一万年。

【注】 ① 新安江水电站位于杭州建德市新安江镇以西的铜官峡谷中，始建于1957年4月，1960年投产，是建国后我国自行设计、自制设备、自主建设的第一座大型水力发电站，被人们誉为“长江三峡的试验田”。新安江水电站以发电为主，兼有防洪、灌溉、航运、渔业、林业等社会经济效益。电站建成后，年平均发电量达20亿千瓦时，同时为电网调峰、调频、防洪减灾做出了重大贡献。新安江水库淹没了85座山，形成了大小岛屿

1078 座，称为“千岛湖”。千岛湖蓄水量为 178.4 亿立方米，湖水平均深度 34 米，年平均气温 17°C，水温 14°C。电站建设期间，周恩来总理等国家领导人曾亲临视察。

游西溪湿地[1]

风光九曲满船歌，
惊起芦花白鹭河。
蛮草玉干[2]归雁水，
飘香野趣调声多。

【注】 ① 西溪湿地国家公园，位于浙江省杭州市区西部，距西湖不到5千米，是罕见的城中次生湿地。这里生态资源丰富，自然景观质朴，文化积淀深厚，曾与西湖、西泠并称杭州“三西”，是目前国内第一个也是唯一集城市湿地、农耕湿地、文化湿地于一体的国家湿地公园。2009年11月3日，浙江杭州西溪国家湿地公园被列入《国际重要湿地名录》。

② 玉干为竹子的美称。

超山赏梅[①]

唐宋梅韵九重来，
香海烟装巧剪裁。
借得三春晴霁好，
映梅桥下彩霓开。

【注】 ① 超山，古时称超然山，因突起于皋亭、黄鹤山之上而得名，位于杭州湾北郊，为江南三大赏梅胜地之首，享受“超山天下梅”之美誉，中国五大古梅之唐梅和宋梅皆长于此。每当梅花怒放，园中映梅桥下水面上倒影朵朵梅花，景色似画。壬辰三月杭州籍镇海老乡在此赏梅。时年连续阴雨，直至三月天晴气温上升，梅花盛开。

青玉案　春夜过富春江[1]

凌波一路花千树，见岸晚、风中雨。片片芬芳江底渡。玉轮东起，竹箫篱户，惊动春知鹭。

青山静静看春夙，峰影漪漪与鱼舞。试问人寰能几处？一川丝柳，满津烟絮，此地听柔橹。

【注】 ① 富春江为浙江省中部河流，是钱塘江桐庐至萧山闻家堰段的别称，其上游为新安江，俗称三江会钱塘。长 110 千米，流贯桐庐、富阳两县市，其上游为新安江，俗称三江会钱塘。富春江两岸山色青翠秀丽，江水清澈碧绿，在山水之间还分布着许多名胜古迹。黄公望曾作名画《富春山居图》，表现了富春江富阳桐庐境内一带的美丽风景。

湘湖觅句[1]

桥门跨泊石虚淹，
独木舟声醒睡莲。
借得湘君三捧水，
乾坤洒尽八千年。

【注】 ① 杭州萧山湘湖，被称为西湖的“姊妹湖”，清新脱俗不染红尘。1.2平方千米的湖面，蓄满了跨湖桥文明的遗风。黛色群山中的一波碧水，犹如天宫落入凡间的镜子，清澈而明净。清代诗人周起莘称之“涵虚天镜落灵湖”。跨湖桥遗址的独木舟证实湘湖已有8000年以上的历史。其间，在自然作用和人为因素的共同影响下，湘湖或为沧海，或为湖沼，或为田地，历经沧桑巨变。2011年10月20日由省农行邀请，工农中建省分行老领导游湘湖，即兴赋诗助兴。

咏秋雪庵[1]

秋楼咏雪花，
两浙奉词华。
渚墨香千里，
芦风韵万家。

【注】 ① 秋雪庵位于浙江杭州西溪河渚湿地中心水域，是“西溪八景”之一。建于宋淳熙初年，因为在孤岛之上，向东南一望无际的芦苇滩地在秋季的明月下，呈现出令人名利俱冷一片白茫茫的意境。明代大书画家陈继儒便取唐人诗句“秋雪濛钓船”的意境，为其题名“秋雪庵”。其中的弹指楼当年由董其昌题写匾额，成为秋雪庵中的重要人文内容。现庵中奉祀历代两浙词人姓氏。

晨步青山湖偶感[1]

人生学步百年程，
酸苦甜辛压乱峰。
梦中依稀花解语，
醒来忽见路逢英。
青山入水粼波舞，
扁叶依湖漾雾濛。
蝉细莺啼三二谷，
半天茅屋九千风。

【注】 ① 临安青山湖国家森林公园，有 240 多种野生动物，100 万平方米的水上森林，像一块翡翠镶嵌在碧水之中，信步湖畔，踏歌吟诗，心旷神怡，人生又一里程。

点绛唇　夜游新安江[1]

船上添襟，凉风一阵消三暑。白沙奇雾，渔火云橹舞。

两岸轻歌，当是萧闲处。抬头逐，乱星如澍，洒落霓虹渡。

【注】 ① 新安江，发源于安徽省黄山市休宁县境内，东入浙江省西部，经淳安至建德与兰江汇合，东北流入钱塘江，是钱塘江正源。干流长373千米，流域面积1.1万多平方千米。新安江江水四季澄碧，清澈见底。夹江两岸，群山蜿蜒，山势各殊，飞瀑流泉。唐孟浩然诗云："湖经洞庭阔，江入新安清。"沿江有白沙大桥、落凤山、梅城、双塔凌云等胜迹，向有"奇山异水，天下独绝"之称，今有"清凉世界"美誉，是一条闻名中外的"唐诗之路"。

花朝节赏景[1]

西溪有约赏红时，
赤绿黄蓝俱入诗。
柳梦杨妃[2]灯彩舞，
陌阡织毯满花池。

【注】 ① 花朝节，简称花朝，俗称“花神节”、“百花生日”、“花神生日”。汉族传统节日。农历二月初二举行，也有二月十二、二月十五花朝节。节期因地而异，可能与各地花信的早迟有关。节日期间，人们结伴到郊外游览赏花，称为“踏青”，姑娘们剪五色彩纸粘在花枝上，称为“赏红”。各地还有“装狮花”、“放花神灯”等风俗。旧时江南一带以农历二月十二日为百花生日，“百花生日是良辰，未到花朝一半春。万紫千红披锦绣，尚劳点缀贺花神。”陶朱公书载：“二月十二日为百花生日，无雨百花熟。”其风俗多是郊游雅宴，盛唐即有此风，参加者多是些骚人墨客，有时也有亲朋好友，后发展为民间节日。

②"柳梦杨妃"指柳梦梅和杨贵妃。据传，农历一月、二月的花神分别是柳梦梅和杨贵妃。

青韵轩有拾[1]

运水千船梦，
长河万里魂。
春光轻抹处，
玉润敛瓷门。

【注】 ① 癸巳元春作于杭州运河边的剑瓷视界青韵轩。

颂平民英雄"三吴"[①]

根深润土育新枝，
爱化晶珠涨昊池。
我赞三吴天道事，
千笺万墨写成诗。

【注】 ①"三吴"指浙江宣传的"最美妈妈"吴菊萍、平民英雄吴斌、"最美交警"吴连表。2012年6月30日于杭州。

大慈岩[1]

悬空百丈崖，
草石笔生花。
巍立天尊佛，
江南小九华。

【注】 ①大慈岩位于浙江省建德市南，相传元大德年间临安人莫子渊弃家来此，最早凿石为佛，在大慈岩上建寺庙、栈道渐成江南最大的悬空寺，一半嵌入岩腹的洞穴，一半凌架悬空，奇险壮观。整座大慈岩主峰像一尊地藏王菩萨的立像，它身高147米，由奇石、怪洞、草木和谐组成，惟妙惟肖，十分逼真，为全国最大的天然立佛，誉为“中华一绝”。

西湖山水

忆秦娥 雪后登北高峰[①]

云山白，雪风古道江湖脉。江湖脉，横空观海，镜翻烟陌。

攀峰穷目杭城赓，登高尽瞰波澜阔。波澜阔，朝阳似火，渔歌新拍。

【注】 ① 北高峰在杭州灵隐寺后，石磴数百级，曲折三十六湾，今建有索道。北高峰群山屏绕，湖水镜涵，竹木云蓊，郁郁葱葱。登高望远，三面云山环绕，西湖盛景、钱江雄姿，尽收眼底，让人心旷神怡、浮想联翩，有一览杭州小之感。毛泽东主席曾三次登上北高峰，并吟诗一首《三上北高峰》"三上北高峰，杭州一望空。飞凤亭边树，桃花岭上风。热来寻扇子，冷去对美人。一片飘飘下，欢迎有晚莺。"

春探北高峰

篁翠梅红漫雾封，
天人合一笑春风。
丛林深处烟纱寺，
润鼓千声揖北峰。

苏堤春吟[1]

苏公一笔六桥通，
十里桃花竞宠荣。
潋滟垂帘西子唱，
情丝织出碧纱笼。

【注】 ① 杭州西湖苏堤南起南屏山麓，北到栖霞岭下，全长近3千米，他是北宋大文学家、书法家苏东坡任杭州知州时，疏浚西湖，利用挖出的葑泥构筑而成，后人为了纪念苏东坡治理西湖的功绩将其命名为苏堤。后来苏堤成为了男女青年谈情说爱的好地方，十里长堤，情意浓浓，苏堤春晓，名扬天下。

于谦祠寄思①

忠泉济济雨如酥，
松柏崔巍铁骨舒。
勤政爱民心肺碧，
刀光剑影业功殊。
先身士卒惊天事，
后论公评不朽株。
灰石言诗千古诵，
清风一抹重西湖。

【注】 ① 于谦祠在浙江省杭州西湖三台山麓，西湖乌龟潭畔。于谦是明代的民族英雄，他和岳飞、张苍水并称“西湖三雄”。在“北京保卫战”中建立奇功，后以“谋逆夺门之变”罪被杀，葬于三台山。明朝弘治二年(1489年)，于谦冤案得以平反，孝宗皇帝表彰其为国效忠的功绩，赐谥建祠，1998年，时值于谦诞辰600周年之际，于谦祠重新对外开放。于谦勤政爱民、廉洁奉公，前殿序厅正中一巨大石灰岩上镌刻着前言，石灰岩造型

取意于谦青少年时所作诗作《石灰吟》,“粉骨碎身浑不怕,要留清白在人间”也正是于谦一生刚正不阿、两袖清风高洁品性的真实写照。于谦祠是杭州市爱国主义教育基地,旁边的于谦墓于2006年5月,被国务院批准列入《全国重点文物保护单位名单》。

苏堤写意

遗梦情堤丽月天，
千丝万朵总相牵。
钓翁只望鱼儿笑，
不屑桃桥柳羽烟。

南屏缘钟[1]

雷峰夕照映前屏，
玉气岚山作后庭。
自古西施无寂寞，
只缘长伴晚钟声。

【注】 ① 南屏山在杭州西湖南岸、玉皇山北、九曜山东，前方有雷峰塔。主峰高百米，林木繁茂，石壁如屏，故名南屏山。其北麓山脚下是净慈寺，傍晚钟声清越悠扬，是西湖十景中问世最早的景目。

三台山[1]沐风

秋风破碧地天青，
九曲凭栏沐黛轻。
枝上黄莺几啭细，
江箫湖笛两相聆。

【注】 ① 三台山位于杭州西湖景区，山青水静，风景宜人。

更漏子　过风波亭[①]

菊花飘，风竹累，又扫狱亭秋味。雾翠薄，乱云寒，更掀旧事烟。

梧桐酹，似憔悴，零落湖边愁桂。一朵朵，一笺笺，忠魂曜世间。

【注】　① 风波亭，原是南宋时杭州大理寺（最高审判机关）狱中的亭名。八百多年前，这里留下了震惊世人的大阴谋：宋高宗赵构听信奸相秦桧谗言，诬陷岳飞谋反，一代名将岳飞及其儿子岳云、部将张宪在风波亭内被杀害。风波亭的惨案，是历史的悲哀，是时代的不幸，是正义的屈辱，是良知的死亡。风波亭由于历次战火而被焚毁，现存的风波亭是在杭州西湖湖滨遗址上重建的。

题玉皇山[1]

天一芳池邀晓月，
南天门外采涛声。
飞云飘渺迷人眼，
穿见湖江梦海行。

【注】 ① 玉皇山矗立于西子湖与钱塘江之间，海拔 239 米，巍峨挺拔，云雾变幻，竹风朗朗。登山远眺，眼前一片江天浩瀚，“临镜映西子，听涛倚钱塘”。山顶有天一池，一泓清泉，月影如画。

早起云栖竹径[①]

竹径幽幽乱雾轻，
一池碧水万竿生。
雨搀凤尾消愁去，
只仗身临洗惄亭。

【注】 ① 云栖竹径位于西湖之西南，钱塘江北岸，五云山云栖坞里。由于地理环境特殊，五云山上的五彩祥云常飞集坞中栖留，并经久不散，称“云栖”。此地远离市井，山深林神，竹林满坡，修篁绕径，素以竹景的“绿、清、凉、静”四胜而著称于世。吴越国王于公元967年在这里建云栖古寺，竹林深处可闻钟磬声，初名“云栖梵径”。因竹多叶密，含水生云，云栖雾留，漫山遍岭终成浩渺竹海。早晨，绵绵的云雾栖息在茫茫的竹丛中，落下细细的雨丝，仿佛是翠竹青叶融化的竹沥，从弯曲的竹梢上滚落下来，濕湿了蜿蜒的青石路径，故名“云栖竹径”。

雷峰塔重建即赋[1]

檐飞窗绮入云台，
湖榭堤门眼下开。
千古夕阳催印月，
前番十景又重来。

【注】 ①2001年3月，中国农业银行浙江省分行正式对外宣布：承诺授信6000万元重建雷峰塔，引起海内外关注。2002年10月建成，登塔倍感亲切。

九溪冬日[①]

入冬春芽近，
茶青白朵新。
岩间梅弄韵，
山路草铺金。
霜曲吹红叶，
溪歌咏石门。
小楼风物净，
翠竹日斜曛。

【注】 ① 九溪位于杭州市西湖之西的群山中，上自龙井起蜿蜒曲折7千米入钱塘江，途中汇合了青湾、宏法、方家、佛石、百丈、唐家、小康、云栖、渚头的溪流，故称九溪。溪水一路上穿越青山翠谷，又汇集了无数细流，形成了“万壑争流下九溪”的美丽景色，所以称九溪十八涧。九溪十八涧景色天然，少有匠气，清俞曲园有诗：“重重叠叠山，曲曲环环路。叮叮咚咚泉，高高下下树。”冬日，翠绿中点点红叶，遍地踩金，身临其境，更有一种人在画中游的感觉。

湖畔居[1]赏秋

半碧残荷百舸忙，
湖光山色一船装。
霜林叶落千竿绿，
菊院盆开万朵黄。

【注】 ①湖畔居位于杭州西湖六公园。

郭庄[1]秋色

湖荷台谢静云居，
一镜天开隐鲤鱼。
汾院秋波花欲语，
菊黄送桂岁河余。

【注】 ① 三面临湖的郭庄曾是杭州西湖园林中最具江南古典特色的私家园林。郭庄为清代宋端甫修建，命名为“端友别墅”，光绪年间产权转到闵人郭士林名下，并新建了西洋式住宅和石舫，改名为“汾阳别墅”，俗称“郭庄”。

贵人峰[1]遇故人

贵人峰上晚霞明，
话尽来年满幕星。
忽有铃声悠曲响，
温馨疑是细蝉鸣。

【注】 ① 贵人峰位于杭州虎跑后山。

凤凰亭[1]偶成

拾级凤山翠翅凉，
登楼远望点连樯。
何愁西子翔鹰小，
可借兰桡走海江。

【注】 ① 凤凰亭位于杭州市东南面的凤凰山顶。凤凰山北近西湖，南接江滨，形若飞凤，山尽翠翅，故名。登高望远，江海湖景尽收眼底。

赋放鹤亭[①]

西湖月不孤，
荫荫有梅夫。
放鹤清风早，
种梅细雨晡。
三春淹岁客，
一叶泊浏都。
短短归林路，
长长舞鹤书。

【注】 ① 放鹤亭位于杭州西湖孤山，初建于元代，现亭为1915年重建，亭中有《舞鹤赋》刻石一块，文章为南北朝鲍照所著，字迹系清康熙帝临摹明代书法家董其昌所书，全赋共466字，栩栩如生地描绘了鹤的形象和才能。这里曾被誉为“梅林归鹤”，系清代“西湖十八景”之一。北宋诗人林逋，布衣终身，后半生隐居于杭州西湖孤山，喜欢梅、鹤，自称“以梅为妻，以鹤为子”。天圣六年（1028年）赐谥和靖先生，有《林和靖先生集》。

冬日登初阳台望西湖[1]

柳桃身瘦白堤衰，
醉倒残茎盼燕来。
霜叶借成春月早，
一湖灵气在阳台。

【注】 ① 初阳台位于宝石山西面葛岭岭顶，平面宽广。旧志称每年的十月初一，在初阳台观日出，景象壮观。先是海际微露一痕，随即霞光万道，半天俱赤，且光景迷离倏忽，瞬息万变。

秋日翻山[①]

雨挂泉山石路磷，
人峰马岭相扶君。
龙头清水方消渴，
六合钟声送梵音。

【注】 ① 秋日雨后，吾从杭州虎跑登山，翻贵人峰直攀至六和塔下山，历时半天，一路风景似画。

杨公堤拾遗[①]

三百春秋积梦栖，
六桥还我旧时堤。
风光再抹茅家埠，
曲院醇香远名羁。

【注】 ① 杨公堤是与白堤、苏堤齐名的“西湖三堤”之一，位于西湖以西。明弘治十六年(1503 年)杨孟瑛出任杭州知州，其时西湖淤塞。杨孟瑛实施疏浚，清除侵占西湖水面形成的田荡近 3500 亩，并以疏浚产生的淤泥、葑草在西里湖上筑成一条呈南北走向的长堤，堤上建六桥。后人为纪念杨孟瑛，称此堤为“杨公堤”，堤上六桥为“里六桥”。二十世纪末到二十一世纪初，西湖综合治理，三堤再现。应杭州市政府盛情邀请，省政协委员视察新西湖，先睹为快，即兴赋诗。

骋望亭采风[①]

举目眺湖江，
低头翠叶香。
晴光千里景，
烟月万杆樯。
梅韵催人醉，
松涛领梦长。
高寒花令晚，
只为答春光。

【注】 ① 骋望亭位于杭州南高峰。南高峰高257米，是西湖十景“双峰插云”的两峰之一，与北高峰遥遥对峙。登上山顶，极目纵眺，浩瀚的钱塘江和波平如镜的西湖尽收眼底。

天一池[1]吟望

玉山请水芳池捧，
缥缈岚烟试笔锋。
绘尽钱塘今与昔，
云铺长绢墨歌丰。

【注】 ① 该池位于杭州玉皇山顶，池名取“天一生水”之义，建于清朝。池深约六丈余，水源不竭。

满陇桂雨[①]

秋风几夜茶农笑，
万朵千枝桂子黄。
欲把青杯无座席，
可知树下尽流芳？

【注】 ① 满陇桂雨是杭州“新西湖十景”之五。满觉陇，又称满陇，位于杭州西湖以南，是一条山谷。五代后晋建有圆兴院，北宋改为满觉院，满觉意为“圆满的觉悟”，地因寺而得名。满觉陇沿途山道边，植有近万株金桂、银桂、丹桂、四季桂等。每当金秋季节，琼树争艳，香飘数里。如逢露水重，桂花随风洒落，密如雨珠，人行桂树丛中，沐“雨”披香，别有一番意趣，故被称为“满陇桂雨”。

慕才亭吊苏小小[1]

亭畔岁寒姿，
西泠尽吐辞。
搴帷香欲出，
青眼寸心驰。

【注】 ① 苏小小，南齐时钱塘第一名妓。她玲珑秀美，骨气高傲，爱好山水，出口成诗，是有名的诗妓。可惜年方十九的苏小小因为相思而感染了风寒，不久便香消玉殒，葬于西泠桥畔。“湖山此地曾埋玉，花月其人可铸金。”墓上覆六角攒尖顶亭，叫“慕才亭”，据说是苏小小资助过的书生鲍仁所建（现亭为后来重建）。长期以来，苏小小的芳名与西湖并传，天下游人每到西泠桥畔，都会发出深情的感慨。

南朝民歌《苏小小歌》

妾乘油壁车，
郎跨青骢马。
何处结同心，
西陵松柏下。

李贺《苏小小墓》

幽兰露，如啼眼。无物结同心，烟花不堪剪。草如茵，松如盖。风为裳，水为佩。油壁车，夕相待。冷翠烛，劳光彩。西陵下，风吹雨。

湖风丝雨

日晓落海月挂
涛高滑青沙
露送潇雾淡
湘妃来秀而香风
跃气节入云
霄

癸巳夏 苏志□诗并书

步月南太湖[1]

半月烟堤岸似霜，
柳丝随步拂星光。
远山荫荫千枝静，
近水依依万座忙。
夜色朦朦听晚唱，
碧波漾漾挂连樯。
借来湖笔轻轻抹，
山下仁皇[2]好地方。

【注】 ① 南太湖主要在浙江省湖州市。2005 年，我在浙江省政协工作时，几次和同事一起到南太湖调研，提出了关于开发利用和保护管理南太湖的许多建议，被省领导采纳。几年后，迈步南太湖感到十分欣喜。

② 仁皇山位于湖州市吴兴区，当年湖州市农业银行授信 4 亿元，全力支持开发仁皇山新区，几年内该区面貌巨变，现是湖州市的行政中心、文化中心、教育中心，同时也是市委市政府的驻地。

竹海云雾[1]

海上飘葱荫，
穹苍渺岛山。
白云千点翠，
月榭舞翩翩。

【注】 ① 莫干山已有2000多年的开发历史，遍山是绿荫如海的修竹，自然景观独特。莫干山多雨多雾，雨后大雾更是一绝，山腰以下全被云雾吞没，塔山之顶飘浮于云层之上，如大海中的小岛，又像空中楼阁，虚无飘渺，尤似仙境一般。

芦荡问药[1]

清凉百草萌，
药味羽花生。
震泽根深荡，
瑶池问鹤经。

【注】 ① 芦花荡公园为莫干山著名景点，园内树林葱茏，流水淙淙，夏日幽静清凉，芦苇景宜遐想。拾级而上有湘人李铎所题“清凉世界”四个大字，草坪上有开山老祖莫元塑像。相传春秋末年，太湖人莫元中年娶妻，老年得女。妻故后携女莫邪来山隐居，闲时学医采药，为乡人治病。山上百草俱全，唯缺芦苇，莫元从太湖移来芦根，植于门前水洼。寒来暑往，芦苇成荡。

剑池飞泪[①]

炉煅傲霜枝，
潭飞怒发丝。
情淹天下泪，
瀑壮九洲知。

【注】 ① 莫干山因春秋末年，吴王阖闾派干将、莫邪在此铸成举世无双的雌雄双剑而得名，剑池是传说中的莫邪和干将铸剑、磨剑之处。据《吴地志·匠门》记载：吴王阖闾命令干将为其铸剑，历时三月，铁汁不下，如到期不交，干将就会受到吴王之惩罚。莫邪问计干将，干将说，如以女人配炉神，便可炼成。于是，莫邪投身于炉中。顿时，炉火旺盛，红光万道，炉火灭处，只见两股青光闪烁，横卧炉底，这便是莫邪用血肉铸成的雌雄两剑。在东晋时专集古今神祇灵异人物变化之事的《搜神记》，以及曹丕所著《列异传》，都写到了干将、莫邪在剑池铸剑和干将献剑被杀，儿子赤鼻舍身为父报仇的故事。至今在阜溪桥底一块长满青苔的黑褐大石上，刻着“周吴干将莫邪夫妇磨剑处”几个大字。剑池池水清澈。上有飞瀑悬空泻下，水经石限，形成三叠，非常壮观。

滴翠清影[①]

月挹云间水，
亭拥玉睡莲。
方池千丈翠，
干莫九重悬。

【注】 ① 滴翠潭是莫干山著名景点，因潭边“翠”字而出名。滴翠潭一碧清泉，内植睡莲，旁有挹翠亭，古朴典雅。潭边赭红色巨岩，高20余丈，镌“风月无边”、“莫干好”及钱君陶所题“翠”字。“翠”字如三层楼高，气度雄伟，神韵飘逸，为江南第一擘窠大字，水中倒影堪称奇观。1991年6月《文汇报》以《钱君陶题写“翠”字》为题报道云：“钱氏‘平生写得最大者，当推莫干翠字’”。

贺安吉县荣获联合国人居奖[1]

桂沁秋香朵朵花，
江源翠曲晓天涯。
鹭身点点苕溪白，
竹海深深七彩家。

【注】 ① 2012年9月6日在意大利那不勒斯举行的第六届世界城市论坛上，联合国人居署授予安吉县联合国人居奖，这是中国自1990年参与联合国人居奖评选以来，唯一获此殊荣的县。

安吉县是我国第一个国家级生态县，苕溪是浙江八大水系之一，龙王山是太湖流域的源头之一。森林覆盖率超过70%的安吉县，近年来坚持生态立县发展战略，围绕“打造中国最佳人居”的目标，通过完善城市发展规划，严格保护生态资源，大力发展生态经济，积极倡导低碳生活，引导全民参与建设“绿色生态城市”。联合国人居署官员和专家表示，安吉的经验，为许多发展中国家提供了值得借鉴的经验。

天荒坪蓄能电站[①]

天荒地不老，
山高天池渺。
夜来抽水忙，
日出送电早。

【注】 ① 天荒坪抽水蓄能电站位于浙江安吉县竹海浩瀚的大溪峡谷内，时称亚洲第一，世界第二。天荒坪抽水蓄能电站融雄伟的现代化建筑与纯朴秀丽的自然风光为一体。电站总装机容量 180 万千瓦，投资近百亿元。电站建设钻透了整个一座大山，地下厂房、上、下水库落差 607 米，连接上下水库的盘山公路是高等级公路，迂回曲折，盘桓而上，公路两边翠竹连绵，遥看对面峡谷，就像看一幅秀美的江南山水长卷。电站上水库天篁湖是一个人工建造的高水湖泊，蓄水湖面广达 28 公顷，是一个昼夜水位高低变幅 29 米多的动态湖泊，具有极大观赏性。

武陵春 南太湖抗洪灾[①]

梅雨绵绵湖水涨，日夜泼无休。道毁田淹百鸟迁，老屋危中沤。

行至长兴难迈步，陆上泛轻舟。只见茫茫一片丘，载不尽，救灾由。

【注】 ① 1991 年太湖发生严重洪灾，主要由于梅雨期间出现三次集中降雨，30、45、60 天时段降雨均超过 1954 年，使得太湖水位陡涨，超过了历史最高水位，超警戒水位和危急水位分别达 81 天和 38 天。由于当时太湖综合治理尚未启动，原有防洪工程标准偏低，采取炸坝分洪等措施来控制洪水，致使太湖流域遭受了严重的灾害，不少地方“陆上行舟”，直接经济损失 100 多亿元。南太湖湖州、长兴等地农行基础设施因此遭受严重损坏，我泛舟与当地干部职工一起投入抗灾行动。

湖边偶拾[①]

春风催晚岸，
寻梦泊轻舟。
月近银河灿，
云高蝶影流。
观闲凭借石，
吟草可偷悠。
湖面星光乱，
微波四五丘。

【注】 ① 20 世纪 90 年代作于湖州太湖岸边。

长兴梅花[1]

千年寒艳万丛香，
雪海红洋两远扬。
天就一坛梅院酒，
浇开待绽百花墙。

【注】 ① 浙江省长兴县是我国重要的梅花基地，有青梅、红梅各一万多亩。长兴种植梅花历史悠久，相传明洪武年间，出县城北行20里，一路上梅树夹道，有数十万株之多。现在红梅已是长兴县的县花。每年二月底三月初，长兴都要举办梅花节。届时，万亩梅园的梅花竞相开放，满山姹紫嫣红，暗香阵阵。红梅片片如红霞；白梅朵朵如飘雪，清丽雅致，美不胜收。

山庄见闻[1]

夜听蛙语儿时梦，
啼鸟箫晨绿荫中。
半水岸边茶树翠，
正逢白蒂熟梅[2]红。

【注】 ① 湖州市德清荣盛山庄三面环山一面临湖，茶果沁人，鸟语花香。

② 杨梅又称白蒂梅。

游下渚湖湿地[①]

芦道清清十一弯，
草花香岸舞罗衫。
一行白鹭才飞去，
万节湘妃又展滩。
借得轻舟三尺座，
偷来人世半时闲。
更迷竹瓦农家乐，
茶豆倾盅醉玉阑。

【注】 ① 下渚湖国家湿地公园位于浙江省德清县城武康郊区，是具有多样性景观的典型天然湖泊湿地，属原生状态保持最完整的天然湿地之一，面积 10 平方千米、主湖面积 3.4 平方千米。作为天然形成的江南最大湿地风景区，下渚湖国家湿地公园以生态保护为宗旨，充分体现自然、野趣、远离噪声之特色。它的神奇在于湖面或开阔如漾，或狭窄如港，遍布湖荡的岛屿沙渚土墩形态各异，隐伏岛屿台墩 600 余座。湖中有墩、墩中有湖；港中有汊、汊中套港。

南浔小莲庄[1]

路山回转劲松苍，
叠石枫林缀漫光。
小榭短栏迎客捷，
芭蕉长叶接莲忙。
百年藤紫参天卷，
九尺箫竿守地塘。
诗窟凝香遗墨滴，
仙轩藏瑞梓澜沧。

【注】 ① 小莲庄位于浙江湖州市南浔镇万古桥西，为晚清刘镛所筑的私家花园，始建于清光绪十一年(1885年)，于1924年落成，占地27亩，因慕元末湖州籍大书画家赵孟頫所建莲花庄之名，故称小莲庄，是全国文物保护单位。园林以荷花池为中心，依地形设山理水，形成内外两园。内园以山为主体，仿唐代诗人杜牧《山行》之意，枫林松径，山路回转。外园以荷池为中心，沿池点缀亭台楼阁，步移景异，颇具匠心。

菩萨蛮　赞南浔农行文明学校[1]

江南小邑文明水，校园香蕊风云媚。花放万家红，吹开一路风。

育人如照镜，贵在天天净。何物最相安？月江归晚帆。

【注】 ① 20 世纪 90 年代，江南名镇——南浔在经济迅速发展的同时，一度孳生一些丑恶现象。为了提高员工的素质，增强他们的免疫力，1997 年，在农行南浔支行行长张建新的精心策划和带领下，创办了集思想教育、业务培训、文化娱乐于一体的文明学校，利用晚上时间，把支行员工集中在一起开展学习培训联谊活动，收到了非常好的效果，有力地推动了两个文明建设，在社会上及全国农行系统引起了强烈反响。全国 17 家媒体联合采访，南浔支行获多项殊荣，张建新光荣地当选了党的十六大代表。

竹乡观竹[①]

百里烟波秀竹澜，
纤株万竞露珠寒。
湘妃枕梦斑斑泪，
日月高风节节攀。
碧玉镶金歌水早，
霞丹紫管唱溪闲。
泱泱翠海翻云浪，
款款心舟泊港湾。

【注】 ① 安吉为中国第一竹乡，安吉竹林面积百万亩，品种繁多，毛竹蓄积量居全国之冠。“遥怜十景试春游，东岭迢迢一径幽。记得碧门村口去，篮舆轻度到杭州。”修竹苍翠，拂人衣裙。竹乡安吉的竹，依山傍水竹连竹，山连山，满目苍翠。风吹竹涌，风止竹静。进入竹海，游人恍若置身于绿色梦幻之境。万顷竹波，竹声涛涛。奥斯卡获奖电影《卧虎藏龙》林间戏曾在此拍摄。

品竹笋[①]

莫看嫩尖小，
解锋千丈俏。
一盘野笋香，
十年回味道。

【注】 ① 2012年春于安吉。

赏　竹①

日晴筠海月摇涛，
雨滴青纱露送潇。
雾淡湘妃生秀气，
风拥亮节入云霄。

【注】 ① 20世纪90年代作于浙江安吉。附郑板桥咏竹："衙斋卧听萧萧竹，疑是民间疾苦声。些小吾曹州县吏，一枝一叶总关情。""乌纱掷去不为官，囊橐萧萧两袖寒。写取一枝清瘦竹，秋风江上作渔竿。"

越乡馨韵

参观绍兴周恩来纪念馆[①]

辅世尽千躬，
清风盖九穹。
为民谋福祉，
浩气贯长虹。

【注】 ① 绍兴周恩来纪念馆位于绍兴市区，系依托周恩来故居这处具有明清风格的台门建筑而建。周恩来总理是北宋哲学家周敦颐的后裔，其先辈于元代迁至绍兴。后来他的祖父出任江苏，才迁居江苏淮安。瞻仰纪念馆大厅，即锡养堂，矗立着身着戎装的周恩来总理汉白玉雕像，厅内柱上悬挂着“选贤与能讲信修睦，体国经野辅世长民”、“为国为民孺子牛，任劳任怨绝代尹”对联。“光辉的一生”展厅位于百岁堂西轴线，即诵芬堂。展厅内容分为：“为中华之崛起而读书”，“为中华人民解放事业而斗争”，“人民的好总理”，“杰出的外交家”，“为党为人民鞠躬尽瘁、死而后已”，“永远活在我们心中”等六大部分，通过丰富翔实的资料，展示了周恩

来平凡而伟大的一生。

纪念馆资料:据统计,周恩来夫妻俩的月工资为748.30元,从1958年到1976年共161442.00元,用于补助亲属36645.51元,补助工作人员和好友共10218.67元,两项支出占总收入的四分之一。其中还有个不成文的约定:积蓄超过5000元,都交党费。总理去世后,只有5100元存款。

一剪梅　探访女子越剧发源地[①]

一曲红楼心泪撩。空谷清音，春梦九皋。
百年台柱墨犹新，日逝长亭，月洒西桥。

调出施门花弄娇。半是清流，半是香飘。
剡溪越女尽风华，俏了梨园，宠了丝绦。

【注】 ① 越剧，又名绍兴戏，清末起源于浙江嵊州(即古越国所在地而得名)，由当地民间歌曲发展而成，发祥于上海和杭州，是中国第二大剧种。越剧长于抒情，以唱为主，声音优美动听，表演真切动人，唯美典雅，极具江南灵秀之气，艺术流派纷呈，创造出了一批有重大影响的艺术精品，如《梁山伯与祝英台》、《西厢记》、《红楼梦》、《祥林嫂》等，风靡大江南北。在海外亦有很高的声誉和广泛的群众基础。2006 年 5 月 20 日被列入第一批《国家级非物质文化遗产名录》。

② 女子越剧发源地在浙江省嵊州市甘霖镇施家岙村。现代越剧的一大特点，是角色基本由女性扮演，但在 1906 年 3 月 27 日越剧诞生时，表演者都是男性。直

到1923年7月9日，在嵊州市甘霖镇施家岙村才诞生了第一个女子越剧戏班，从此越剧走上了辉煌之路。至今，施家岙村里仍保留着当时女子戏班登台演出的古戏台。

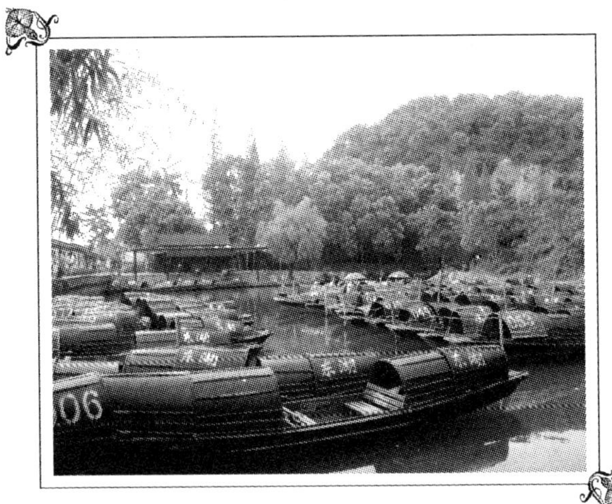

乘乌篷船游绍兴古城河[1]

风清岸秀古河道，
枕水亭阁烟丝倒。
扁舟巧载飞翼楼[2]，
千家万户波光灏。

【注】 ① 浙江省绍兴市有“东方威尼斯”之美誉，古城河横穿市中心，粉墙黛瓦，枕河人家，小桥乌篷，桨声灯影，别是一番景色。

② 飞翼楼位于府山顶，全影直落城河。

沈园感赋[①]

有缘不结情人缘，
有梦不圆长思梦。
古今多少往来君，
几人不读钗头凤？

【注】 ① 沈园，又名沈氏园，位于宋朝都城绍兴市区，本系富商沈氏私家花园，宋时池台极盛。沈园占地七十余亩，园内亭台楼阁，小桥流水，绿树成荫，江南景色，是绍兴历代古典园林中唯一保存至今的宋式园林。这里蕴藏陆游与唐琬凄美动人的爱情故事，相传南宋爱国诗人陆游初娶唐琬，伉俪情深，后被迫离异。南宋绍兴二十一年（1151 年），两人邂逅于沈园。陆游感慨怅然，在墙上奋笔题下《钗头凤》这首千古绝唱，极言“离索”之痛。唐琬见而和之，情意凄绝，不久抑郁而逝。晚年陆游数度访沈园，赋诗述怀，写下了“伤心桥下春波绿，曾是惊鸿照影来”名句，沈园由此极负盛名。

陆游题《钗头凤·红酥手》

红酥手，黄縢酒，满城春色宫墙柳。东风恶，欢情薄。一怀愁绪，几年离索。错、错、错！

春如旧，人空瘦，泪痕红浥鲛绡透。桃花落，闲池阁。山盟虽在，锦书难托。莫、莫、莫！

唐婉和《钗头凤·世情薄》

世情薄，人情恶，雨送黄昏花易落。晓风干，泪痕残。欲笺心事，独语斜阑。难、难、难！

人成各，今非昨，病魂常似秋千索。角声寒，夜阑珊。怕人寻问，咽泪装欢。瞒、瞒、瞒！

大佛寺感悟[①]

百尺古木入云浪，
三生圣迹立佛[②]像。
石林[③]已化凡尘愁，
放生池畔清心赏。

【注】 ① 大佛寺位于浙江省新昌县，始建于东晋永和年间（345 年—350 年），为全国重点寺院之一。

② 大佛寺最负盛名的是石雕弥勒大佛。大佛开凿于南北朝时齐梁年间（约 486 年—516 年），前后建造 30 余年。佛座高 1.91 米，佛身高 13.74 米，佛头高 4.87 米，耳长 2.70 米，两膝相距 10.60 米。此佛像是中国江南第一大佛，是全国屈指可数的几尊石雕大佛之一。

③ 石林为木化石林。

浣溪沙 游东湖[①]

千刀劈开青石山，洞天几出月新湾，水中四起乌篷[②]帆。

借得秋风一半醉，凭栏静梦入波涟，戏台[③]甜曲和丝烟。

【注】 ① 东湖位于绍兴城东箬篑山麓，昔日秦始皇东巡至会稽，于此供刍草而得名。自汉代起，相继至此凿山取石，经千年鬼斧神凿，遂成悬崖峭壁，奇潭深渊，洞开新月。湖内有陶公洞、仙桃洞，小舟入洞，坐井观天，空谷传声，景色尤称奇绝，号称“天下第一水石盆景”。

② 乌篷船是江南水乡——绍兴的独特交通工具，因篾篷漆成黑色而得名。乌篷船行则轻快，泊则闲雅，是水乡的一大风景。

③ 湖上戏台每天唱社戏。

兰亭鹅池[1]

驿亭兰草羽生姿，
父子天缘合璧驰。
惊世毫端香水墨，
古今天下第一池。

【注】 ① 兰亭位于绍兴兰渚山下，这里曾是勾践种兰的地方，汉代为驿亭。

王羲之一生爱鹅。兰亭前有一“鹅池”，相传碑上的“鹅”字为王羲之亲笔书写的，刚写完此字，忽闻圣旨传来，王羲之连忙搁笔接旨，其子王献之遂后顺手拿起笔来续写了一个“池”字。一碑二字，父子合璧，成就了一段千古佳话。

水乡观古桥[①]

八字[②]三河九曲风，
题扇书圣[③]扼乌篷。
北湾[④]鲤跃康公笑，
卧月长虹舞镜[⑤]中。

【注】 ①水乡指绍兴，因其境内水道纵横，有水乡水城之称。绍兴历史悠久，人文鼎盛，因水有桥，因桥生景，故又有“桥乡”美誉。

②“八字”指八字桥，横享三河越中最著名的古桥之。

③“书圣”指王羲之，“题扇”指题扇桥，以王羲之在此题扇助人而得名。

④“北湾”句泛指北海桥、鲤鱼桥、谢公桥（谢灵运又称康公）。

⑤镜指镜湖，为绍兴主要水系。

画堂春　兰亭怀古[①]

幽林修竹鹅漪池，流觞曲水吟诗。山风吹拂疾思驰，书绝名辞。

一序毫惊宫阙，引来多少遐思。人间三月又三时[②]，墨泼兰芝。

【注】 ① 兰亭是东晋士族兼书法家王羲之的寄居处，这一带有“崇山峻岭，茂林修竹；又有清流激湍，映带左右，曲水流觞，群贤毕至”，是山阴城的风景人文绝佳之处。

② 东晋穆帝永和九年(公元 353 年)三月初三，王羲之邀请当代名士谢安、孙绰等 41 人在兰亭觞漂吟诗，汇诗 37 首成“兰亭集”。王羲之为之作《兰亭集序》，记叙兰亭周围山水之美和聚会的欢乐之情，抒发作者对好景不长、生死无常的感慨。法帖相传之本，共二十八行，三百二十四字，章法、结构、笔法都很完美，其雄秀之气，出于天然，因此，历代书家都推《兰亭序》为“天下第一行书”。据传原本被带入唐太宗墓中。现每年农历三月初三都在兰亭举行书法盛会。

登飞翼楼偶感[1]

春秋岁月浪烟高，
强越磨锋试剑刀。
百丈飞楼云入海，
卧薪尝胆气如涛。

【注】 ① 飞翼楼位于绍兴府山之巅，存“以压强吴”之意，后废。现楼为 1997 年 10 月 1 日仿春秋时期建筑风格重建，1998 年 1 月 10 日竣工。古越飞翼楼，建于春秋末叶，距今 2500 年，其时吴越争霸，越王勾践败北，入吴称臣，奴役三年，重履故土。范蠡受命筑飞翼楼于卧龙山巅，以象天门。勾践卧薪尝胆，终达复国兴邦、报仇雪耻的宏愿。

三蓬亭[①]怀古

烟雨沐秀霁山清，
亭匾留言意味生。
人步欲知贫贵事，
龙山摹刻可寻名。

【注】 ①三蓬亭位于绍兴府山，附近有越大夫文种之墓，亭匾上书："越绝纪地云，文种将死，自策：置我三蓬，自章后世。勾践葬之此，三蓬之所以名亭也。"文种，也作文仲，字少禽，春秋末期著名谋略家，越王勾践的谋臣，为勾践打败吴王夫差立下卓著功劳。灭吴后，勾践骄横专制起来，范蠡意识到勾践"可同贫贱，不可共富贵"，于是远走避祸，临走留信文种，劝他赶快离开越国。文种自恃功高未走。后勾践听信谗言，赐文种伏剑自杀，葬于越都西山，后世称之为"种山"，现为绍兴城内之府山，又称卧龙山。现府山摩崖石刻有"种山"两字。

访英台故里[①]

闺阁须眉百尺柯，
夜操琴瑟日磨荷。
草桥结拜心相伴，
亭榭离分坠托娥。
三载同舟情似海，
一朝陌路泪成河。
人间有爱丝弦美，
玉水长流舞蝶歌。

【注】 ① 英台故里位于浙江省上虞市玉水河畔祝家庄，“梁祝”传说中的祝英台家乡。祝英台，引生于东晋孝武帝太元二年（377 年）。祝家由于北方出现“五胡乱华”而南迁，定居于上虞一处荒僻的地方聚族而居，人们把这里称之为祝家庄，传到祝英台已是南迁后的第四代了。这里水光山色，亭台楼阁，融梁祝爱情悲剧于一体。虽属传说，但祝英台聪明伶俐，忠于爱情的故事，千古流唱，家喻户晓。

浪淘沙 纪念秋瑾就义一百周年[1]

湖水祭英魂，思念深深。西泠桥畔万民心。视死如归千古杰，壮也秋君！

巾帼侠风身，长照星辰。笑看天地万花新。慰告先人千里目，伟也秋君！

【注】 ① 秋瑾（1875 年—1907 年），近代民主革命志士，原名秋闺瑾，字璇卿，号旦吾，东渡后改名瑾，自称“鉴湖女侠”，笔名秋千，祖籍浙江山阴（今绍兴）。她蔑视封建礼法，提倡男女平等，性豪侠，习文练武，曾自费东渡日本留学。她积极投身革命，先后参加过光复会、同盟会等革命组织，1907 年，她与徐锡麟等组织光复军拟起义时，事泄被捕。7 月 15 日从容就义于绍兴轩亭口。秋瑾墓位于杭州市区白堤尽头西泠桥畔。墓正面有大理石墓碑，上刻孙中山亲笔题词“巾帼英雄”四字。

绿色家园贷款[①]

银桂飘香疏碧霄，
金融服务出新招。
谐来生态稽山美，
绿色家园助镜桥。

【注】 ① 2001年11月18日，中国农业银行浙江省分行与绍兴县政府在柯桥举行“绿色家园”贷款首批试点项目区(柯桥)合作签字仪式，绍兴县柯桥新城建设获得了35亿元信贷资金的支持。中国农业银行总行、浙江省分行和绍兴县有关领导等出席了签字仪式。“绿色家园”贷款是当时中国农业银行推出的金融新产品，主要服务于小城镇建设和消费需求，用于道路、供电、供水、通讯、污水处理、城郊休闲旅游、城市绿化和环境治理等内容。此项贷款对绍兴县新城建设起到了积极的推动作用。

若耶溪偶成[1]

浣纱千古石，
越女傲香追。
天赐沉鱼质，
心存剪玉碑。
不忍家国辱，
宁愿蕊花摧。
江水知轻重，
红裙顶月桅。

【注】 ① 若耶溪亦称浣纱溪，位于浙江省诸暨市，当年西施在此浣纱。西施本名施夷光，春秋末期出生于诸暨苎萝村。她天生丽质，居中国古代四大美女之首。“沉鱼”讲的是西施浣纱的经典传说，在当年西施浣纱之处的巨大方石上，镌“浣纱”二字，为东晋大书法家王羲之手笔。时越国称臣于吴国，越王勾践卧薪尝胆，谋复国。在国难当头之际，西施忍辱负重，以身救国，为勾践的东山再起起了掩护作用，表现出一个爱国女子的高尚情操。据传西施在吴国亡后和爱人范蠡泛舟太湖，不知所终。

五泄瀑韵[①]

五龙竞喷惊世句，
翠谷连奏万重曲。
碧湖水写报春梅，
桃源深藏吟诗趣。

【注】 ① 五泄位于浙江省诸暨市西北。72峰、36坪、25崖、10石、5瀑、3谷、2溪、1湖，为五泄构成了天然的山水画卷。当地人称瀑布为泄，一水折为五级，所以叫“五泄”。五泄瀑布早在1400年前的北魏就闻名于世，郦道元的《水经注》里就有着详细的记载。历代的文人墨客如宋杨万里、王十朋，元杨铁崖，明陈洪绶、徐渭、袁宏道、宋濂都曾来此游览，留下了画稿、诗文。明代吴中四才子唐寅、文征明等赛诗于五泄，更被传为佳话。

乡村超市[1]

旧铺换新容，
经营四季隆。
门前烟柳翠，
货架商品拥。
翁老看花眼，
姑娘喜女红。
家中待客急，
付款电脑通。

【注】 ① 在绍兴县农村调研时有感而作。

灵秀天台

沁园春　华顶云鹃[1]

五月华峰，万丈春烟，换尽岫天。令茫茫碧海，荣枝竞发，妆红点点，花团簇簇，灯举云间。粉若芙蓉，姣似清荷，媚绝人寰岁月淹。云中沐，有娑罗香伴，芳晚魂牵。

骄阳移上三竿，忽迷雾濛濛琪树[2]迁。见白云缭绕，碧桃隐现，瑶台花景，华夏奇观。莲步风姿，独轩寒峭，超脱凡尘一路仙。思归否，问九洲游客，谁不流连？

【注】　①“人间五月芳菲尽，华顶杜鹃始盛开”。位于浙江省天台山的华顶国家森林公园境内的云锦杜鹃树姿优美、花色娇艳，堪称华夏奇观。云锦杜鹃属杜鹃花科，梵语称娑罗，当地人将它称为娑罗树，它以“苍干如松柏，花姿若牡丹”而成为杜鹃花中的佼佼者，是我国特有的珍稀树种，虽极少数省少有分布，但成片成林面积近300亩，且树龄在200年以上并形成古树群，唯天台华顶山独有。华顶山主峰海拔1098米，四周群山

拱秀，峰岗重叠，云雾终年在峭崖洞间缭绕。由于山高气寒，四时花信常迟，唯云锦杜鹃种性最宜。每年5月，华顶山云锦杜鹃在路边、道旁、岩上、林间、坡地上，星星点点，丛丛簇簇，漫山遍野，似彩云洒落，姿态万千。花在云中开，雾在花间飘，云雾与花海交映成趣，一时一景，全无雷同之处。

② "琪树"、"碧桃"均为传说中的天庭仙花。

暮春宿天台山[①]

春烟雾柏株株醉，
老树云鹃[②]簇簇生。
草动高寒归鸟静，
琼台月夜最清风。

【注】 ① 天台（字音为 tāi）山是中国浙江省东部名山，以古、幽、清、奇为特色，1988 年被国务院批准为国家重点风景名胜区，主峰华顶山海拔 1098 米，由花岗岩构成。公元 570 年南朝梁国佛教高僧智顗在此建寺，创立佛教著名的天台宗。605 年隋炀帝敕建国清寺，清雍正年间重修，为中国保存完好的著名寺院之一，有唐代天文学家一行禅师（683 年—727 年）塔。天台山秀丽的山水，令无数文人骚客为其倾倒。东晋文学家孙绰的《游天台山赋》中描绘："天台山者，盖山岳之神秀者也"，"穷山海之瑰富，尽人神之壮丽矣"。唐代诗仙李白也曾高吟"龙楼凤阙不肯住，飞腾直欲天台去"的向往之情，并在天台山结庐居住。

② "云鹃"指云锦杜鹃。

渔家傲　宿神仙居[1]

十瀑百岩峰骨异，夕阳已去人留意。天峤插空云展翼。千嶂逸，翠烟邀月山门闭。

茶酒一盅催梦起，将军情系青罗绮。睡美依依思范蠡。霜满地，林箫竹笛蝉仙气。

【注】　① 神仙居位于浙江省仙居县境内，属国家级风景名胜区之一。神仙居以西罨幽谷为中心，形成峰、崖、溪、瀑景观。典型的流纹岩地貌，奇峰环列，山崖陡峻，峰崖的相对高差多在100米以上，基岩落石处处成景，溪水与瀑布长年不断，幽深奇崛，峰奇、山奇、石奇、崖亦奇，耸然独秀。北宋景德四年（1007年），宋真宗踏马神游西罨寺后大发感慨，说此地"洞天名山，屏蔽周围，而多神仙之宅"，于是下令将台州永安县改名仙居。神仙居景区"兼有天台之幽深、雁荡之奇崛"，几乎囊括了仙居的全部精髓。"将军石"、"睡美人"、"迎客山神"、"双峦架日"、"天柱插空"、"仙人叠石"、"象鼻锁涧"等，横生妙趣；雾瀑珠帘，悠仙美地，堪称绝世婉转。

石梁雪瀑[①]

一梁挂宇日光熙，
飞雪风雷四季霓。
虎啸龙吟晴亦雨，
霜河罨画月流奇。

【注】 ① 石梁雪瀑又称“石梁飞瀑”，位于浙江省天台县的天台山中，在崇山翠谷之中，一石横跨天际，瀑布喷涌而下，色如霜雪，势若雷霆，云涌涛激，声振林木，被誉为“天下第一奇观”。月夜观瀑更佳，唐白居易有“天台山上月明前，二十四尺瀑布泉”的诗句，极言此妙。

谒金门 访济公故里[①]

人尊佛，门水似流魂魄。陌路皆歌衣帽破，酒中神气抹。

日见不平辩白，夜断苍生心脉。笑尽世间如梦事，醉镌峰枕卧。

【注】 ① 济公(1148 年—1209 年)，原名李修缘，南宋高僧，浙江省天台县永宁村人。他破帽破扇破鞋垢衲衣，貌似疯癫，初在杭州灵隐寺出家，后住净慈寺，不受戒律拘束，嗜好酒肉，举止似痴若狂，是一位学问渊博、行善积德的得道高僧，被列为禅宗第五十祖，杨岐派第六祖，撰有《镌峰语录》10 卷，还有很多诗作，主要收录在《净慈寺志》、《台山梵响》中。懂医术，为百姓治愈了不少疑难杂症。他好打不平，息人之争，救人之命。他的扶危济困、除暴安良、彰善瘅恶等种种美德，在人们的心目中留下了独特而美好的印象。今逢盛世，物阜民殷，在天台石墙头复建了济公故居，向世人展现了充满南宋时代气息、蕴含浙东地方建筑风格和仕宦人家宅第格局的一轴画卷。

唐诗之路[①]

李杜笔潇潇，
草丛韵味遥。
天台穷此地，
一目尽千娇。

【注】 ①“唐诗之路”指台州市民广场的主题石雕群。一座座诗人雕像错落有致地分布在小径两旁，石雕旁边的石碑上刻着与台州相关的诗人作品。台州是“浙东唐诗之路”的重要组成部分，唐朝诗人如李白、杜甫等留下了众多关于天台、临海等地的优美诗篇，台州的自然风光、山水形态随着诗作的广泛流传为天下人所知。人们可以在“唐诗之路”主题石雕群中感受唐诗的韵味之美。

李白《天台晓望》

天台邻四明，华顶高百越。门标赤城霞，楼栖沧岛月。凭高登远览，直下见溟渤。云垂大鹏翻，波动巨鳌没。风潮争汹涌，神怪何翕忽。观奇迹无倪，好道心不歇。攀条摘朱实，服药炼金骨。安得生羽毛，千春卧蓬阙。

友应根森和诗

诗心凌汉霄，
李杜一目了。
韵味隽此地，
天台见昏晓。

风入松　羊岩山品茶[1]

抹风沐雨又清明，喜见霁光晴。攀山弯道共天乐，一帘绿、十里茶铭。碧尽西岚华顶，馨穷东海门庭。

一芽一叶立婷婷，勾曲媚流情。汤中醇厚蹁躚舞，果然是、栩栩如生。品赏寒峰名饮，难忘岩嶂钩青。

【注】 ① 羊岩山地处浙江省临海市西北部，海拔780米，因为主峰南侧有羊影镶嵌在岩石上而得名。清嘉定年间，《赤城志》上有关羊岩山的记载是这样的："在县北五十公里，自麓至巅十余里，南瞻海门，北望华顶，如在目前，山顶石壁有石影似羊，又有石纹隐起似蛇，下有洞，祀龙母祷雨甚验……"

② 羊岩山产名茶羊岩勾青，采摘鲜叶嫩度以一芽一叶开展为主，加工后茶形状勾曲、条索紧实，色泽翠绿鲜嫩，汤色清澈明亮，叶底细嫩成朵，尤其是香高持久，滋味醇爽，沁人肺腑，口感特佳。多次在国际名茶评比中获得金奖。

参观江厦潮汐电站[①]

潮汐天天有，
装机电可流。
用之称不竭，
清洁送千秋。

【注】 ① 温岭江厦潮汐试验电站位于浙江省温岭市西南江港上，是一座我国自行研制、制造、安装的潮汐能开发利用的国家级试验基地。共安装5台双向灯泡贯流式机组，总装机容量3200千瓦，规模居全国第一，在国际上仅次于法国朗斯电站和加拿大安娜波利斯电站而名列第三。在潮汐发电的同时，库区农、渔业经济得到综合开发，社会效益十分显著。

眼儿媚　三门[1]

金银滩上蟹蛏闲，舟叶织门湾。琴江未静，仙岩捷足，一抹龙蟠。

东方渔港扬帆远，旧梦绕云山。百年沉睡，如今启烨，万里晴澜。

【注】 ① 三门县位于浙江省东部，素有“三门湾，金银滩”之美誉，具有丰富的资源，是浙江省海水养殖第一大县，被命名为中国青蟹之乡，浙江对虾之乡、牡蛎之乡、缢蛏之乡。该县海岸线长达 227 千米，境内有健跳、海游、浦坝、旗门、洞港等五港。早在 1916 年，孙中山先生就称三门湾为“实业之要港”，并在《建国方略》中将其列为东方九大渔业港之一。全县有大小岛屿 122 个，风光旖旎，蛇蟠岛被称为“千洞岛”。境内有宋高宗赵构投琴的琴江，南宋文天祥驻足过的仙岩洞，明朝戚继光浴血抗倭的健跳古城墙等。

大陈岛觅句[①]

建岛青春驻，
流年驷马追。
黄夫礁浪旧，
见证垦荒碑。

【注】 ① 大陈岛，位于浙江省台州市椒江区东部，是国家一级渔港，素有“东海明珠”之称。有号称“东海第一大盆景”的甲午岩等众多海上奇观。大陈岛古称东镇山或洞正山，公元5世纪中叶始闻，历史上正式以“大陈山”为名的，最早见《郑和航海图》记载。此后，大陈岛在500年风云大跌荡中历经颠簸。1955年1月，解放军攻克一江山岛，2月，大陈岛收复，人民政府立即开展重建工作。1956年1月，时任共青团中央书记胡耀邦向温州青年发出“组成志愿垦荒队，开发建设大陈岛”号召，数天内报名者即达2000人。1月31日，首批227名14至22岁的队员，在团中央、团省委代表护送下，登上大陈岛，此举一度成为全国青年的先进榜样。1960

年7月，垦荒队宣告完成任务，有部分队员继续志愿留在岛上。荏苒30年，时已担任中共中央总书记的胡耀邦仍然惦念大陈，特于1985年12月29日登岛看望老垦荒队员。现在黄夫礁山冈上树有“大陈岛垦荒纪念碑”，碑刻由张爱萍将军所书。

醉花阴 楚门文旦[①]

晨雾夕阳云味淡，秋水澄文旦。流岁又重阳，罈尽枝头，满岛金光灿。

都言此物清身健，果润脾明眼。莫道不消愁，叶袅西风，独领寒香渐。

【注】 ① 楚门文旦即玉环柚，是浙江省玉环县的特产，楚门是该县的一个镇。楚门文旦于清同治年间由厦门传入，清光绪初年在玉环楚门山外张村开始种植，至今已有130多年的栽培历史。后经选种嫁接培育而成，营养丰富。相传“文旦”这个名字的来历，还有一个凄楚动人的故事。从前福建华安县一个名旦，艺高貌美，早失双亲，长年献艺于民间，与乡亲结下了深厚情谊。后来遭到豪绅侮辱，羞恨自尽。乡亲们凑钱安葬了她。哪知过了几年，她的坟头上长出一棵柚树来，结的柚子又多又好，人们纷纷剪枝嫁接，并将它取名为“文旦”。另据专家考证文旦由明万历年间本地柚品种密坛(与文旦外观相似)改良而成。

渔港石塘[1]

石墙石屋石堤塘，
碧海观潮月似霜。
千乘渔船穿梭急，
万家灯火隔窗忙。
曙光初照新湾早，
夕影才离沁梦长。
遥见巴黎圣母院，
不知何日落东方？

【注】 ① 石塘镇位于浙江省温岭市，以中国大陆最早迎接新千年第一缕曙光而闻名海内外。石塘镇碧海环抱，石屋、石墙、石路、石堤塘，故全岛称石塘。石塘渔港景观特异，横卧的海塘，外侧惊涛拍岸，内侧却千帆竞立。渔汛季节的渔港，渔船点点，星罗棋布，机帆船穿梭往来，海水共长天一色。入夜，桅灯、尾灯、舷灯、探索灯，红、黄、蓝、白，万盏灯火，万道倒影，映红了墨色大海，石塘港成了一座海上城市。

鹧鸪天　车过椒江大桥有感[①]

五里长虹接海门，车轮滚滚越乾坤。通途麦屿连新港，雪浪滔滔万马奔。

追往事，感来今，筹资拾穗有心人。一湾秋色苍山抹，画出椒江十月春。

【注】 ① 椒江大桥工程是国家交通战备补助项目、浙江省重点建设项目和台州市重大工程项目。大桥全长 2587 米，主桥为五跨 430 米连续梁，连接省道 75、82 和 83 线，进而接通 104 国道和甬台温高速公路，构建成台州沿海通道的基本框架。建设椒江大桥，有效地加强了台州健跳港、海门港、大麦屿港的联系，有利于形成港口群体优势，对加快台州中心城市建设和经济社会发展具有重要的意义。该工程总投资 3.5 亿元，多方筹集，台州市农业银行将此作为重点贷款项目支持大桥建设。大桥工程于 1998 年 8 月 19 日动工，2001 年 10 月竣工通车。

八月纪事[1]

风急秋声乱，
车驰雨点遒。
水深公路阻，
月暗树根流。
护库同心守，
保安协力筹。
嚣嚣难睡夜，
多少忆台州。

【注】 ① 1997年第11号台风于8月18日晚上9时30分在浙江温岭石塘镇登陆。这次台风强度强、范围大，再加上农历七月半大潮汛，出现了风、雨、潮"三碰头"，影响极大，损失严重。根据气象预报，我于17日赶到温州抗台，18日下午又奔赴台州，路上暴风狂雨，几经受阻，晚上与当地农行干部职工一起抗灾保库，记忆犹新。

桂殿秋 有感楚门镇夜间办公制度[①]

从政路，有几重？心装百姓万途通。为民办事新招实，步出清清一抹风。

【注】 ① 近日喜闻浙江省玉环县楚门镇政府推广夜间工作制度，着力剖解百姓办事难问题，密切了党群干群关系，欣慰之际命笔填词。于癸巳夏。

风雅婺州

辛卯春蔣志華書

烛影摇红 游双龙洞[①]

石玉蜿蜒，两色龙，顶九峰、开洞府。轻舟平卧入宫庭，星炫千钟乳。

攀级犹闻震鼓，忽时间、寒风瀑布。巧工天赐，百丈冰壶，声声歌谱。

【注】 ① 双龙洞位于浙江省金华市，是国家重点风景名胜区，国家级森林公园，成为自然风景名胜的历史已有1600多年。海拔520米，由内洞、外洞及耳洞组成，洞口轩朗，两侧分悬的钟乳石酷似龙头，故名“双龙洞”。又说，蜿蜒在内洞顶的双龙，一条黄龙，一条青龙，故名“双龙洞”。内外洞相隔却相通，古诗云“洞中有洞洞中泉，欲觅泉源卧小船”。除底层的双龙洞外，还有中层的冰壶洞和高处的朝真洞。冰壶洞洞口朝天，深达40多米，俯首下视，寒气袭来，洞不见底，故称“冰壶”。冰壶洞内的瀑布从15米左右高的洞顶倾泻，瀑声轰隆，震耳欲聋。古往今来，李白、王安石、苏轼、陆游等名人，毛泽东、周恩来、朱德等党和国家领导人都曾在双龙洞留下足迹。

有感沙畈水库安全运行五千天[1]

沙畈朝闻碧露鲜，
碾追往事夜思翩。
蓦然洪水流空地，
忽又干枯叫枉天。
定策改观风马唤，
殚心竭胆雪薪添。
人间自有回天力，
泉沁还民五百年。

【注】 ① 沙畈水库位于浙江省金华江支流白沙溪上，总库容 8555 万立方米。建库工程于 1992 年 6 月动工，1995 年水库大坝封孔蓄水投入运行，1996 年电厂试运行发电，1999 年开始向金华市区供水。到 2009 年 4 月止的 10 多年来，水库经历了多次洪水的考验，累计提供优质饮用水 4 亿余立方米，生产清洁电能 4 亿多千瓦时，实现连续安全运行 5000 天，在防洪、灌溉、供水、发电等方面发挥了较大的经济和社会效益，为金华市的

社会经济发展发挥了巨大的作用。我曾与金华市、县农业银行领导参与该工程调研考察，省市县三级行挤出资金和信贷规模予以全力支持，回顾往事，倍感欣慰。

画堂春　诸葛村怀古[1]

蔽山巷陌逸钟池，高隆淡泊风诗。三分雄略万尊师，八阵如斯。

黛瓦青砖墙里，绵延多少良知。岁寒无语对烟丝，傲有霜枝。

【注】 ① 浙江省兰溪市诸葛村为全国重点文物保护单位，是全国最大的三国时期蜀汉名相诸葛亮后裔的聚居地，坐落在兰溪市高隆之西（“高隆”，即取诸葛亮“高卧隆中”之意）。诸葛村整个村落以钟池为核心，八条小巷向外辐射，形成内八卦；村外八座小山环抱整个村落，形成天然的外八卦，村内现保存完好的明清古建筑有200多座。专家学者们称其为“江南传统古村落、古民居典范”。它是目前全国保护得最好，群体最大，型制最齐，文化内涵很深厚的一个古村落。

金秋方岩[1]

金鼓洞龙现八筹[2]，
五峰瀑布泻清幽。
胡公[3]宝塔天霖沐，
八月丹花满树秋。

【注】 ① 方岩位于浙江省永康市城东，以山岩奇特，风景秀丽而闻名遐迩，素有“人间仙境”之称。山体平地拔起，四面如削，直耸云天，峻险非凡，远望如城堡方山，故名方岩，山高 384 米。是国家级重点风景名胜区。

②《天龙八部》电视剧曾在方岩拍摄。

③ 胡公指宋代名宦胡则（963 年—1039 年），字子正，婺州永康人。胡则自幼勤奋力学，才学超群。入仕后为官清正，与民办事，深受百姓爱戴。在方岩山顶上建有胡公庙，九百多年来一直受到当地老百姓的顶礼朝拜，香火不绝。毛泽东主席赞其是一名清官，“为官一任，造福一方”。

六洞山地下长河[1]

长河涌雪暗中观，
莹水淳泓胜大川。
玉露幔钟迷眼道，
舟行洞府薄衣冠。

【注】 ① 被誉为“海内一绝”的六洞山地下长河位于浙江省兰溪市东郊，六洞山因史载有涌雪、紫霞、漏斗、无底、玉露六洞而得名。地下长河游览全程2500米，面积2.5万多平方米，分涌雪洞、时间隧道、玉露洞三段，是溶洞发育不同时期的典型，形态各异。涌雪洞中一条长逾千米地下暗河贯穿始终，源头至今还未探明。洞内气温常年保持18度，冬暖夏凉，舟行其中，宛若置身仙境。玉露洞高大空旷，厅内精美的石钟乳、石笋、石幔琳琅满目，美不胜收。时间隧道中景石奇幻、近在咫尺，具有很高的观赏和科研价值。

卢　宅[1]

长风五百年，
瀚海泛千帆。
润院培灵秀，
青云笔架山[2]。

【注】 ① 卢宅为中国古代民居建筑，位于浙江省东阳市东郊卢宅村，全宅占地约5公顷。卢氏自宋代定居于此，世代聚族而居，从明永乐十九年(1421年)卢睿成进士起，到清代中叶科第不绝，陆续兴建了许多座规模宏大的宅第，形成一个较完整的明、清住宅建筑群。1988年被公布为全国重点文物保护单位。

② 卢宅正前方有座山称为“笔架山”。

踏莎行　闲步义乌市民广场[1]

灯上初更，薄云帷幔，层楼披绿阴阴见。凉风阵起淡波光，舞歌乱扑垂杨面。

玉兔凌空，巢归劳燕，古城昔日依稀渐。何来一爆[2]力惊天？绣湖可解沧桑变。

【注】 ①义乌市民广场又称绣湖广场，是义乌城市的象征。一期工程于1999年1月正式启动，拆除低矮破旧的老城区建筑总面积54万平方米。工程于2002年10月基本建成，完成投资额近30亿元，是当时浙江省投资规模最大、规划档次最高、向地下拓展空间最为成功的旧城改造建设项目，是义乌向建设现代化大都市迈出的重要一步，使其旧貌换了新颜。当时中国农业银行义乌市支行情系义乌，首家授信2亿多支持该项目，写下了浓重一笔。

②"一爆"指地面引爆摧毁旧建筑物。

走访下山脱贫村[1]

素住深山对水声，
奢睽岙外百花明。
牵来织锦风移路，
景绣新妆艳柳城[2]。

【注】 ① 20世纪90年代，浙江省农业银行率先捐资支持武义县下山脱贫，当时景阳下山农民在农行帮助建造的道路上树碑“金穗路”，有一位老人拿家里红布每晚盖在碑上，每天清晨揭开，下山之情十分感人。

② 柳城是武义县重镇，曾为宣平县的县城。

小重山　仙华山[1]

玉女凌空雾转裙。峭岩云谷动，万旗奔。仙华百里最峰林。山巅处，奇影草熙春。

枕石漱流魂。清泉抛碎玉，沐霄门。一泓碧水育嶙崟。凝思立，忘却夕阳沉。

【注】 ① 仙华山又名仙姑山，位于浙江省浦江县城北，主峰少女峰，相传因轩辕少女元修在此修真得道升天而得名。仙华山以奇秀的山巅峰林为胜，在海拔600米以上的仙华山巅，石峰耸峭壁立，拔地而起，如彼旗，如宝莲花，如铁马临关。明刘伯温有诗云："仙华杰出最怪异，望之如云浮太空。"故仙华山又有"第一仙峰"之称。历代多有儒、道、释三家名流共处仙峰，结庐修真，堪称中华文化之奇胜。仙华山峡谷，峭壁万仞，石峰连云。谷底枕石漱流，泉水清冽甘甜，怒泻如抛珠碎玉，如沸如扬。站在"仙湖碧水"远眺，风光无限，让人流连忘返。

宿兰溪港[①]

兰江通七省，
衢婺钥门开。
昔日要冲地，
今天水塞陔。
连江津海梦，
建港涌业怀。
六水舟歌晚，
腰间弄曲台。

【注】 ① 兰溪港位于钱塘江中游的兰溪市，自古有“三江之汇”、“六水之腰”、“七省通衢”之说，水运发达，市井繁华。根据浙江省内河水运复兴行动计划，兰溪港建设项目在“十二五”期间即将上马，届时，500吨级单船舶，2000～3000吨级船队，东可达上海、宁波等国际性港口，北可通京杭大运河抵达济宁，西可上溯到重庆，远景衢江如能与江西信江沟通，就能实现“通江达海”之梦。

人月圆　赞东阳木雕《航归》[①]

海天一色霞光灿，万里好江山。青松不老，群鸥展翅，曲弄航帆。

千梅怒放，蕊红吐翠，纤手同澜。祥云似火，归舟彻晓，古国心湾。

【注】 ① 东阳木雕《航归》是中国工艺美术大师陆光正的力作，当年被浙江省人民政府选为赠送给香港特区政府的礼品，是东阳木雕的精品之一。

浙江东阳木雕自唐至今已有千余年的历史，北京故宫及苏、杭、皖等地，都有精美的东阳木雕留世。东阳木雕，是以平面浮雕为主的雕刻艺术，其多层次浮雕、散点透视构图、保留平面的装饰，形成了自己鲜明的特色。又因色泽清淡，格调高雅，又称“白木雕”（示以木材的天然色泽，不同于彩绘），是中华民族最优秀的民间工艺之一，被誉为“国之瑰宝”。

夜半深山[1]

初识磐安月半空，
金融卫士立青松。
众人皆说鲜花有，
回首原来映血红。

【注】 ① 1992 年夏，浙江省磐安县飞舟农村信用社（因该社员工蒋飞舟英勇牺牲而称之）遭歹徒抢劫，主任裔根娣和年轻员工蒋飞舟智勇应对，库款保住了，但蒋飞舟被丧心病狂的歹徒炸死，裔根娣重伤。是日傍晚接电，我顾不上吃饭急赶磐安调查慰问。在崎岖山路上驱车六个小时，到磐安山城已近深夜十二点，于是就有了广为流传的夜半送“鲜花”的故事。

唐多令　二十春秋两瓶酒[1]

红日照东楼，光阴如水流。二十年、路过稠州。好友相逢情似旧，两瓶酒，又共秋。

烟事去还遒，清风同渡舟。忆犹深、明月长留。珍把陈酿藏醉腑，忽觉得，屋添筹。

【注】 ① 谨以此词赠给光寿友，感谢他忆述二十年前，他父女两次送两瓶酒、我两次退两瓶酒、二十年后其又重送两瓶酒的感人故事。辛卯年冬至于义乌。

绮霞园抒怀[①]

画栋雕梁柳色新，
依山傍水不沾尘。
长河小院娇娥月，
独照桃源未老村。

【注】 ① 绮霞园位于浙江省兰溪市六洞山的洞源村，是一代名媛赵四小姐——张学良将军夫人的祖居地。赵四闺名绮霞，因此，村中祖居称为"绮霞园"，它是一座清代古建筑，屋内现在展示的是赵四的生平和她与张学良将军唯美的爱情。人称此处有两绝："景为江南一绝，情为千古绝唱"。

悼两君

昨洒申城泪，
今奔婺上霜。
谢翁天有路，
立者惜时光。

后　记

《步月随草》付梓了却了我的一个心愿。几年前，我有一个梦：自己能否以诗歌为载体，写一部“走遍浙江”，来赞美祖国东海之滨的山水热土，记忆风雨兼程的人生足迹，抒发深入肺腑的家乡情结？这些年来，为了实现个愿望，我步月寻梦，笔耕不辍，老来拾韵，结句成集，在出版的《清风吟草》、《九峰闲草》和《步月随草》三部诗词集中，给浙江省的每一个市县，无一遗漏地洒上了韵迹，虽不能说“走遍”，实际上也无法“走遍”，只能说心意到了；虽不能算是上品力作，却洋溢着乡土风味，我把所作诗词的一部分按地市专设了栏目，略表寸草之心。《步月随草》的问世，也实现了我为全国各省市区包括港澳台留下韵墨的夙愿。

这部诗词集之所以起名为《步月随草》，是因为我的一生与明月结下了不解之缘。唐李白有诗曰：“人攀明月不可得，月行却与人相随。”宋张先亦有名句:“明月却多情,随人处处行。”古往今来,为什么有这么多的诗人歌咏明月,寄托思情?细细想来,自有其中道理。因为明月光明磊落,普照人寰;因为月光含情脉脉,千丝万缕;因为月色解人心语,醉人心肝;因为月影伴人步程,充满希望和憧憬……如果诗海里缺少明月,将会变得苍白无味!记得小时候乘凉,抬头一轮明月,多少遐想;母亲借着月光衲鞋,多少辛劳;工作时趁月色赶路,多少里程;月窗下捉笔耕耘,多少深夜;老来踏着月影闲步,多少潇洒,似乎“明月有情还约我,夜来相见杏花梢”(清袁枚诗句),还是那样形影相随,牵肠挂肚。我赞美明月皎洁无瑕,推崇明月宽阔胸怀,歌咏明月缕缕真情。“万里明月万家有,不论尊卑和贫富。世人若效明月怀,何来严霜逼愁雾”?无意中我翻了一下本书诗稿,写的诗词中居然五分之一以上与明月有关,《步月随草》就这样跃上封面。

本诗词集以“明月诗情”开卷,共收录诗词328首,其中五律22首,七律27首,五绝35首,七绝117首,古体诗21首,词106首。按内容分16个栏目,有对明月清风的赞咏、时代风云的感赋、四时节令的抒歌、茶事茶道的品味、大好河山的情怀、人生旅程的追忆等,对涉及我国部分省和浙江省部分地区的部分作品继续进行了集中归类。根据读者的意见,对诗词涉及的内容仍作了一些注解。

本诗词集在出版过程中,得到许多作家及诗词名家的鼓励和支持,尤其是中国电影文学学会副会长,中国作家协会影视委员会副主任,中国作家协会原副主席,浙江省作家协会原主席,著名作家,诗人黄亚洲先生在百忙中亲自为本书作序,在此一并表示衷心的感谢!

蒋志华

癸巳新秋于杭州

图书在版编目(CIP)数据

步月随草/蒋志华著. —杭州：浙江大学出版社，2014.1(2015.4 重印)

ISBN 978-7-308-12761-5

Ⅰ.①步… Ⅱ.①蒋… Ⅲ.①诗词—作品集—中国—当代 Ⅳ.①I227

中国版本图书馆 CIP 数据核字(2014)第 002414 号

步月随草

蒋志华 著

责任编辑 包灵灵

封面设计 刘依群

出版发行 浙江大学出版社

(杭州市天目山路 148 号 邮政编码 310007)

(网址：http://www.zjupress.com)

排　　版 杭州金旭广告有限公司

印　　刷 杭州日报报业集团盛元印务有限公司

开　　本 880mm×1230mm 1/32

印　　张 13

字　　数 200 千

版 印 次 2014 年 1 月第 1 版 2015 年 4 月第 2 次印刷

书　　号 ISBN 978-7-308-12761-5

定　　价 39.00 元

浙江大学出版社发行部联系方式 (0571)88925591；http://zjdxcbs.tmall.com